세월아 친구하자

세월아 친구하자

초판 1쇄 2020년 04월 16일

지은이 강병선
발행인 김재홍
디자인 이근택
교정 · 교열 김진섭
마케팅 이연실

발행처 도서출판 지식공감
브랜드 문학공감
등록번호 제2019-000164호
주소 서울틀별시 영등포구 경인로82길 3-4 센터플러스 1117호 (문래동1가)
전화 02-3141-2700
팩스 02-322-3089
홈페이지 www.bookdaum.com
이메일 bookon@daum.net

가격 12,000원
ISBN 979-11-5622-498-3 03810

CIP제어번호 CIP2020012912
이 도서의 국립중앙도서관 출판예정도서목록(CIP)은 서지정보유통지원시스템 홈페이지(http://seoji.nl.go.kr)와 국가자료공동목록시스템(http://www.nl.go.kr/kolisnet)에서 이용하실 수 있습니다.

문학공감은 도서출판 지식공감의 인문교양 단행본 브랜드입니다.

- '지식공감 지식기부실천' 도서출판 지식공감은 창립일로부터 모든 발행 도서의 2%를 '지식기부 실천'으로 조성하여 전국 중 · 고등학교 도서관에 기부를 실천합니다. 도서출판 지식공감의 모든 발행 도서는 2%의 기부실천을 계속할 것입니다.
- 이 책은 순천팔마문학회에서 일부를 지원받아 엮었습니다.

세월아 친구하자

강병선 시집

좋은 말로 달래고 어우르자고
친구처럼 같이 지내고 즐기는 것이
세월이 더디 가게 붙잡는 방법이라고 뜻을 모았다.
세월아 친구 하자고 합창으로 외쳐 댔었다.

문학공감

축간사

마르지 않는 샘물과 같은 작가

순천팔마문학회
회장 김제권

인간의 한계는 어디까지일까? 나는 4년마다 열리는 세계인의 축제 올림픽 경기에서 신기록을 세우는 선수를 대하면서 인간의 능력이 얼마나 놀라운지를 생각한다.

지구상에 수많은 생명체가 살고 있지만 문자를 사용하여 기록을 남길 줄 아는 종족은 인간밖에 없다. 그렇지만 본인의 사상과 감정을 글로 표현하기가 단순한 일이 아니기 때문에 평생토록 책 한 권을 펴내기도 쉽지 않다.

이처럼 힘든 일을 즐겁고 행복한 마음으로 계속해내는 사람이 강병선 작가다. 그는 학창시절 문학을 전공한 사람도 아니며 글쓰기를 생계수단으로 삼는 전업 작가도 아니다. 여느 사람처럼 젊은 시절 고향을 떠나 생활전선에서 힘겹게 살아오다 이순을 훌쩍 넘긴 나이에 문학을 시작한 늦깎이 작가다.

2018년 7월 『농부가 뿌린 씨앗』이란 수필집을 단숨에 출간했다. 2019년 6월 『세월』이란 시조집을 펴내더니 같은 해 11월 『마당쇠』라는 장편소설을 발간했다.

이제 좀 쉬려나 했는데 올해 또 『세월아 친구하자』라는 시집을 출간하게 되었다며 부족한 나에게 축하의 글을 부탁해 왔다. 몇 차례 사양하다 함께 몸담고 있는 순천팔마문학회 회장을 맡고 있는 관계로 몇 글자 올리게 되었다.

강병선 작가의 작품을 읽으면서 "아는 것보다 좋아하는 것이 낫고 좋아하는 것보다 즐기는 것이 낫다(知之者不如好之者好之者不如樂之者)."는 공자님의 말씀이 떠올랐다. 마치 섶에 오른 누에가 자기 몸을 익혀서 입으로 실을 뽑아내듯이 거침없이 글을 쏟아내는 작업이 즐겁게 생각하지 않고서는 어찌 가능하겠는가.

그의 작품은 미사여구의 기교를 부리지 않고 어린 시절 고향의 체험과 타향살이의 외롭고 고단함을 진솔하고 담백하게 담아냈기에 고향을 그리워하는 독자들의 메마른 가슴을 촉촉하게 적셔 주기에 부족함이 없는 것 같다.

하루 24시간을 금쪽과 같이 쪼개 창작 활동을 하면서 인생후반을 알차게 일궈가는 모습을 바라보며 감탄을 자아낸다. 샘이 깊은 물은 심한 가뭄에도 물이 마르지 않은 것처럼 그의 내면 깊은 곳에서 끝없이 솟구치는 감성의 분출이 언제까지 이어질까 기대된다.

인간의 한계를 넘어 그 끝을 가늠할 수 없는 강병선 작가와 함께 순천팔마문학회 활동을 함께하고 있다는 것은 커다란 기쁨이다. 옛말에 "구슬이 서 말이라도 꿰어야 보배다."라고 했다. 오래토록 좋은 글을 쓰려면 육신의 건강도 잘 챙겨야 한다. 창작 활동의 원천인 정신을 양서로 살찌우며 창작 활동에 매진하시길 축원한다.

책머리에

사는 것이 뭔지 곧바로 달려나갈 수 있는 길을 놔두고 뱅뱅 돌아 결국은 한 갑자를 한 바퀴 빙 돌고도 한참 후에 詩作을 하게 되었습니다. 어렸을 때부터 글 쓰는 작가의 꿈은 삶에 쫓겨 내 맘속 깊은데 숨어 처박혀 있었던 것입니다. 어느 날 가슴속 깊이 들어있는 것을 들추어 꺼내 보고는 그야말로 잠자고 먹는 시간을 제외하고는 읽고 쓰기에 매달렸습니다.

내가 처음 글쓰기를 하게 된 것은 휴대폰을 사용하다 스마트폰으로 바꾸고부터입니다. 그때는 요즘 페이스북보다 카스토리가 더 인기가 좋았습니다. 불과 5~6년 전만 해도 카스토리로 지금의 카톡을 주고받는 것처럼 대화를 주고받았습니다.

카스토리를 하다가 자연스럽게 글을 올리고 사진을 올리다 보니 초등학교 때 꿈이 글쓰기였던 것을 인식하게 되었습니다. 짧은 글은 내 나름대로는 시가 되고 긴 글은 수필이 된 것입니다. 인터넷을 검색하다 모 문학단체에서 신인문학상을 공모한다는 광고를 읽고는 대뜸 시로 등단을 하게 된 것입니다. 이때부터 무턱대고 써 댄 것이 책으로 낸다면 몇 권이나 되는 것을 묵혀두고 다른 장르에 빠져 있다가 이제야 첫 시집을 내게 된 것입니다.

우연한 기회에 순천에 팔마문학회 카페를 발견했습니다. 하늘을 날아가는 고향까마귀만 봐도 반갑다는 말이 있듯이 내 고향 문인들이 글을 쓰고 공유하는 곳이라 반가웠습니다. 카페에 가입하고 곧바로 시도 아니고 수필도 아닌 형편없는 글을 써 올리다가 팔마문학에 정회원으로 가입했습니다.

팔마문학 창설자인 장병호 회장님의 소개로 수필 등단을 했으니 지방에 있는 문학단체였습니다. 이런 식으로 수필과 소설 분야에 등단을 하고는 낮이나 밤이나 무대포로 써 댄 것이 제일 먼저 한국수필에 재등단을 한 후에 첫 번째 낸 책이 『농부가 뿌린 씨앗』이었습니다. 두 번째 책이 ㈔한국시조협회에 등단하고 난 후 냈던 『세월』이란 제목의 시조집이었으며. 세 번째 『마당쇠』란 장편소설이었습니다. 그러나 제일 먼저 등단했던 시 분야의 시집은 내지 못하고 있었습니다만 부랴부랴 네 번째 자식이라 할 수 있는 『세월아 친구하자』란 제목의 시집을 내게 된 동기가 나에게 찾아왔습니다.

말로만 팔마문학회원이지 회원활동을 제대로 못하고 있었습니다. 문학기행이나 연말에 있는 팔마동인지 출판기념송년회도 매월 열리는 합평월례회모임에도 멀리 진주에 떨어져 살고 있다는 핑계로 참석을 못하고 있었습니다. 그런데도 팔마문학 김제권 회장님을 비롯한 회원들이 저의 여의치 못한 경제형편을 어떻게 아셨는지 책을 내는 데 십시일반 돕자는 뜻을 모아 지원금을 보내주셨습니다.

팔마문학의 뜨거운 사랑에 감격한 저는 어떻게 해야 이에 보답할까. 생각했습니다. 곧바로 아직 다듬지 못하고 잠자고 있던

『황혼』과 『봄여름가을겨울』, 『세월아 친구하자』 3권의 원고 중에 『세월아 친구하자』를 먼저 책으로 만들기로 했습니다. 팔마문학 회원들께 감사하는 맘으로 부랴부랴 처녀시집을 내게 되었던 것입니다.

출판 상식을 벗어났다고 해야 하나요. 일반적으로 100여 수 안팎에 작품으로 시집을 편집하는 상식을 벗어나 200여 편을 초과해 『세월아 친구하자』를 내게 된 것은 저만의 고집이라고 봐야 할 것입니다. 시조집 『세월』도 200여 수가 넘었던 것은 출판 비용을 절감하기 위한 권수(卷數)를 줄여 보자는 저만의 생각입니다. 그러고 보니 제일 먼저 냈던 『농부가 뿌린 씨앗』도 바로 앞서 냈던 장편 『마당쇠』도 일반적으로는 두 권 분량이었으니깐요. 앞으로 선보이게 될 『황혼』과 『봄여름가을겨울』 두 권의 시집도 모두 200여 수가 넘습니다. 아마도 다섯 번째도, 여섯 번째도, 두 권 분량을 한 권으로 묶어 계속 내게 될 것 같아 읽는 분들이 불편할 것 같아 걱정스런 맘도 있습니다.

끝으로 팔마문학을 뚝심 있게 잘 이끌고 계시는 김제권 회장님께서 흔쾌히 축간사(祝刊辭)를 해주시고 장병호 전(前)회장님께서도 역시, 평론을 흔쾌히 허락해주셔서 감사드립니다. 그리고 가난한 글쟁이 비위를 잘 맞춰 주시는 지식공감 사장님과 김진섭 편집자님에게도 깊은 감사를 드립니다.

2020년 3월

코로나19가 빨리 수그러지길 바라면서.

CONTENTS

01 사랑

02 사회

03 세월

04 어머니

05 인생

06 친구

07 황혼

시평

그날 그 약속 | 그곳을 향하여 | 당신과 나는 | 당신과 나는 2 | 당신과 나와 함께 | 당신과 나의 인연 | 당신이 있어 | 만남과 이별 | 사랑 | 사랑과 믿음이 하나 되면 | 사랑하며 살고 싶다 | 사랑의 향기 | 사랑한다는 말을 | 새봄에 찾아온 사랑 | 세상에서 귀하고 아름다운 것 | 아내 1 | 아내 2 | 약속한 길 | 인연 1

01

사랑

그 날 그 약속

처음 만나 얼굴 마주 보며
다짐했던 그 날 그 약속은
강산이 몇 번이나 바뀌었지만
아직도 그대롭니다.

두 사람의 머리 위에 하얀 목련꽃이
피고 질 때까지 함께 하자고
그 날 그 골방에서 사랑약속은
지금도 변함없습니다.

백년이 가고 천년이 가도
이 세상이 끝나고 또 다시
천 년이 시작되어도
오직 당신만을 사랑하렵니다.

그곳을 향하여

당신과 나 두 사람은 누구보다 더
어렵게 만나 오늘까지 살았습니다.
누군가는 참 오랫동안 행복하게 살았다고
말하는 사람도 있으리오. 마는
지난날은 아쉬운 마음뿐이랍니다.
숱 많은 검은 머리로 우리는 만남을 했었지만
당신은 어느새 파뿌리가 되고
나는 대머리가 되어 세월이 무상합니다.
머잖아 우리가 헤어져야 할
그곳을 향해 달려가고 있습니다.
헤어지면 다시는 만날 수 없는
이별이라고 말들 하지요
그러나 당신과 나는 큰 소망나무가
가슴 안에 한 그루씩 자라고 있습니다.
목사님이 하시는 말씀은 앞서간 사람이
천국에서 기다리고 있다고 하지 않던가요.

당신과 나는 1

당신과 나 하나 되어서
반백년을 가깝게 살았습니다.
이제는 황혼길 줄 서기에
나란히 서야겠습니다.

당신과 나 우리 두 사람이 사는 동안
강산이 여러 번 변했습니다.
오랜 세월 알콩달콩 살고지고
눈동자 마주치며 살아왔지요

오늘처럼 때늦은 여름비가
줄기차게 내릴 때에는 창문 밖
빗줄기를 바라보면서 살아왔던
지난날들을 더듬어 봅니다.

어언 40여 년이 지난 오랜 세월을
비가 오나 눈이 오나 바람이 부나
같이 했던 당신과 나 행복했던
지난날에 젖어 있습니다.

당신과 나는 2

당신과 나는 칼바람이
씽씽 부는 겨울날 밤
호떡 굽는 포차에서 만났습니다.
나고 자랐던 산천도 달랐지만
우리는 동병상련이었습니다.
각자가 마음속에 큰 사랑나무
한 그루 심었습니다.

당신과 나는
꽃피는 따뜻한 봄날에
사랑나무 연리지가 되었습니다.
날마다 변함없이 40년 넘게
무럭무럭 자라고 있습니다.
사랑의 꽃이 피고 열매도 맺고
잘 자라고 있습니다.

당신과 나와 함께

당신과 나 하나 된 지가 오래되었습니다.
수많은 날을 좌나 우로 치우침이 없이
오직 한 길만 걸어왔군요.
지금까지 우리가 같이했던 길
뒤돌아보니 예까지 어떻게 왔을까.
감회(感悔)가 새롭습니다.

우리가 주고받는 사랑 편지는
썼다가 지우고 다시 쓸 수 있다지만
함께 걸어왔던 길은 되돌아갔다가
다시 올 수 없다 합니다.
어깨동무하고 걸어왔던 지난날이
나와 발맞춰 걷느라 힘들었었지요.

슬프고 힘들었던 길도 있었지만
당신과 함께 걸어왔던 길은
즐겁고 행복했던 때도 많았습니다.
우리 두 사람 어느새 황혼 길을
터벅터벅 걷고 있습니다.

당신과 나의 인연

당신과 나는 하늘에서 이미 내려준
인연이란 끈으로 맺어졌습니다.
당신과 나와 두 사람이 어느 하늘 아래서
숨 쉬며 자고 깨는 모습도 볼 수 없었지요.
입으로 나누던 진한 사랑 얘기와
두 손 잡고 악수 한 번 못 해봤지만
우리는 처음 만나 대번에 하나가 되었습니다.
가슴속 깊은 데서 우러러 나오는
뜨거운 맘과 정을 나누는 당신과 나
아름답게 꽃을 피우고 있습니다.
억겁의 세월 창세 전부터 하늘에서 정해준
당신과의 인연꽃 향기가 마음속 깊은 곳에서
무럭무럭 피어오르고 있습니다
힘센 펌프처럼 마구마구 뿜어내는 뜨거운 정과 사랑이
당신의 가슴속 깊은 데서 치솟음이 느껴집니다.
코끝으로 스미는 향긋한 사랑 내음이 강한
인연의 꽃을 더욱더 아름답게 가꾸고 키운
행복열매의 달콤한 맛에 젖어
당신과 나의 노년이 행복합니다.

당신이 있어

하늘이 날마다 맑지는 않습니다.
흐린 날 비 오는 날도 있고
바람 부는 날도 있습니다.
인생길 가다 보면 때로는
오르막길 내리막길도 있습니다.

인생길 걸어가다 보면 비 오는 날은
나에게 우산이 되어 주고
햇볕 뜨거운 날에는 시원한 사랑나무
그늘이 되어 주며 내 무거운 짐을
덜어주는 당신입니다.

기쁠 때도 슬플 때도 나에게
다가와 속삭여 주는 말 한마디가
큰 힘이 되어 주고 있습니다.
기나긴 여정 인생길 다 가고 난 후 그래도
당신이 있어 행복하였노라고 말하렵니다.

만남과 이별

우리 두 사람은 누구보다 더
어렵게 만나 오늘까지 살았습니다.
누군가는 참 오랫동안 살았다고
말하는 사람이 있을지 모르지마는
벌써 헤어져야 할 운명의 날이 가까이
오고 있는 것 같습니다.
사람들은 우리가 행복하게 잘 살았다며
부러워하기도 하겠지만 아쉬운 마음뿐이랍니다.
숱 많은 검은 머리로 우리는 만남을 했었지만
어느새 당신은 흰 머리가 많아지고
나는 대머리에 주름살만 늘어 세월이
너무 빠른 것만 같습니다.
이제는 우리는 헤어져야 할 길을 가고 있지만
모두가 하는 말이 한 번 헤어지면 다시는
만날 수 없는 이별이라고 하지만
우리는 하늘나라에 올라가
영원히 같이 살았으면 좋겠습니다.

사랑

사랑 사랑 누가 말했나
당신과 나와 둘이서 말했었지
사랑 사랑 누가 만들었나
당신이 '사'라는 글자 한쪽을 내가 '랑'을
우리 두 사람이 만들었지.

사랑 사랑 누가 가져야 하나
나와 당신이 나누어 가져야 할 사랑
내가 한쪽을 갖고 당신이 한쪽 사랑을
똑같이 나누어 갖는 사랑이지요.
그러나 연리지처럼 합해져야 할 사랑

사랑 사랑 언제까지 해야 하나
이 세상 끝날 때까지 같이 해야 할 사랑
영원토록 하늘처럼 땅처럼
나와 당신이 말한 사랑
나와 당신이 만든 사랑

스물셋, 스물여덟 되던 삼일절 날 명성(明星)에서 우리 서로 나눴던 사랑을 합하기로 하나님께 약속한 날. 우리 두 사람 사랑이 하나로 완성된 날입니다. 우리 두 사람 검은 머리 파 뿌리가 되는 날까지 같이 해야 할 사랑이랍니다.

사랑과 믿음이 하나 되면

사랑이 넘쳐 나면 무(無)에서
유(有)가 생겨납니다.
사랑과 믿음이 하나로 합쳐지면
한라산과 백두산이 하나 되게
만들 수도 있을 것입니다.

사랑과 믿음이 하나 되면
이 세상 끝까지도 어디든지
하늘에도 갈 수 있을 것입니다
사람이 오를 수 없는 태산이라도
깊은 바다로 옮길 수도 있을 것입니다.

당신과 나와의 사랑이
믿음으로 하나 된다면
남과 북이 하나 되게 하며
세상에 모든 일도 못 이룰
일이 없을 것입니다.

사랑하며 살고 싶다

가을밤 하늘에 수많은 별들이
옹기종기 모여서 서로 등 비벼가며
밝은 빛 비추는 은하수별처럼
반짝반짝 사랑하며 살고 싶다.

빨강 주황 노랑 무지개 색깔
꽃밭을 만들고 거닐면서
하늘 끝까지 그대와 오랫동안
알콩달콩 사랑하며 살고 싶다.

시냇물 흐르는 언덕 위에
부모형제의 아름다운 집과
친구들의 집을 짓고 영원토록
당신과 사랑하며 살고 싶다.

사랑의 향기

당신과의 첫 만남에서
내뿜는 사랑의 향기는
수천수만의 날들이 흐른다 해도
천리만리 멀리 떨어져 산다 해도

그때 나눠 가진 사랑의 향기는
계속해서 지금까지 발산하고 있습니다만
장미꽃이 아름답고 좋은 향기라 할지라도
피고 지고 나면 없어지고 맙니다.

천리향 진한 향기 멀리까지 맡을 수 있다지만
십 리 밖 멀어지면 향기 맡을 수 없습니다
당신과 처음 만나서 주고받은 사랑의 향기는
오랜 세월 40년이 지났지만 그대로입니다.

내가 죽고 당신이 죽는 날에도
좋은 향기로 진하게 발산되고 있을 것입니다.
많은 세월 흐른다 해도 처음 만남 그 향기는
영원히 변하지 않을 것입니다.

사랑한다는 말을

사랑하는 사람에게는
사랑한다는 말도 사랑편지도
안 쓰는 것이 좋습니다.
같이 사는 사람에게는 좋아한다.
이런 말도 안 하는 것이 좋습니다.
반평생을 살 비비고 살면서
당신을 좋아합니다.
당신을 사랑합니다.
두 손 꼭 잡았을 때 영원히 사랑하기로
무언의 뜨거움으로 약속했던 말이랍니다.
이런 말들은 우리 두 사람에게는
잔소리가 되어 버린답니다.
새장에 갇혀 사는 앵무새의 말이
되어 버린답니다.
사랑한다는 말은 하지 않는 것이라고
나에게 불러 주었던
당신의 18번지 노래였지요.
그렇지만 나는 여보 좋아해요 사랑한다는 말을
자꾸자꾸 듣고 싶습니다.

아내는 여보, 좋아해요. 사랑해요 이런 단어는 사용하지 않는다. 옛날에 한번 약속했던 사랑얘기를 다시 한다는 것은 잔소리가 된다는 것이다.

새봄에 찾아온 사랑

산과 들에 개나리 진달래가
노랗고 빨갛게 곱기도 하며
방천둑에 아지랑이 아롱거리고
나뭇가지마다 새움이 힘차게 돌 때
새봄과 함께 내게 찾아온 사랑
내 품 안에 맞아들이지 못했던 바보였네
여름밤 은하수 별 밭에서
별똥별 밝은 빛 뿌리며
쏜살처럼 떨어져 가는 별똥별이 되고 말았네.
사랑을 늘 그리워하며 살아왔었지
내 품 안에 붙잡아야 할 사랑 아니었던가
새봄 맞은 진달래 개나리 아가씨처럼
아지랑이 들러리로 찾아온 사랑을
꼭 껴안은 채 놓지 않아야 했다.

봄바람이 살랑일 때는 총각만이 아니다. 처녀들이 더 설렌다. 붙잡기만 하면 되었던 사랑을 꼭 붙잡지 못하고 별똥별이 되어버린 걸 보면서 그리워하기만 했다. 그때 환경에선 어쩔 수 없었다. 바보라 해도 좋다.

세상에서 귀하고 아름다운 것

세상 사람들이 모여 사는 곳에
귀하고 아름다운 것 많기도 하고
수만 수천 수없이 많기만 하다.
외로운 시냇물가에 한 송이 외롭게 핀
패랭이꽃 한 송이도 아름답다.
억수비 내린 후에 서쪽 하늘에 무지개도
깊은 산속 옹달샘 위에 떨어진
다섯 손가락 빨간 단풍잎과
빙빙 맴도는 소금쟁이들도
모두 모두 아름답기만 하다.
이 세상 모든 것이 보석일지라도
이 세상 모두가 아름다운 양귀비꽃이라 해도
사랑하는 마음이 있어야 아름답듯이
이 세상에 진정한 귀하고 제일 아름다운 건
당신의 포근함과 나를 사랑하는 마음입니다.

아내 1

세상에는 참 많은
사람들이 살고 있다
해변의 모래알처럼 하늘의 별처럼
수십억 여자들이 살고 있다.

수많은 여자 중에 나에게는
아내는 오직 단 한 사람
반평생을 등 비비고 살았으니
앞으로 남은 생도 같이 할 여인

바르고 다듬고 곱게 화장한 여자들이
잠시 잠깐 스치고 지나갈 때에
각선미 넘치는 모습과 미소가
애교스럽고 예쁘게 보일지라도

검게 탄 얼굴 그대로 화장품 바르지 않은
세상에서 제일 예쁜 여인
나의 등에 때를 밀어주는 단 한 사람의 여인
세상에서 유일한 나의 거룩한 사랑 아내이다.

아내 2

때로는 미우면서 때로는 좋으면서
경상도 부부처럼 살아왔던 세월이
강산을 네 번이나 바뀌게 했었지만
끝내 여보, 사랑해요. 말 못 했던 당신

사랑한다는 말 한마디 그토록 아끼면서
맘속에 사랑을 숨기고 살았던 지난날
이제는 할아버지 할머니가 되었어도
부끄러워 말하지 못한 건 아닌 당신

여보, 당신 사랑해요. 좋아해요
짧은 말 한마디 표현하기가
구름도 없는 높은 하늘에 반짝이는
별 따기만큼 어렵기만 했던 당신

같은 이불 40년을 덮으면서
오랜 세월 낮과 밤을
가슴속에 큰 사랑나무 심어 놓고
묵묵히 가꾸기만 했던 당신

사래 긴 밭을 가는 암소처럼
사랑은 말보다는 행동으로 하는 것이라고
가슴속에 꼭꼭 사랑나무 가꿔놓고
달콤하게 잘 익은 하트열매를 따지 못한 당신

약속한 길

일 년 삼백육십오일 일 년 내내
맑은 날만 계속되랴
어떤 날은 먹구름 비바람이
어떤 날은 검은 구름 눈보라
좋은 날 궂은 날 많았었지
당신과 나
처음 만나던 날 같이 걷자고
새끼손가락 걸고 약속한 길
구름 끼고 흐린 날도 눈보라 추위에도
쉼 없이 걸어왔네.
내가 힘들 때에 따뜻한 손 내밀어준
당신이 있었기에 여기까지 걸어왔다.
앞으로도 가야 할 남은 길도
당신이 비춰주는 사랑빛이 있기에
어둔 밤 비바람 눈보라길도
겁나지 않고 갈 수 있겠네.

인연 1

우리의 만남은
우연이 아니었어요
일찍이 하늘에 뜻이 계셔
이루어진 마음과 정이었지요.

당신의 뜨거운 사랑과
해바리기였던 내가
지금까지 우리는 하나 되어
계속 불타고 있습니다.

누군가 뗄라 해도
떨어지지 않는 강 엿처럼
끈끈한 아교풀에 아귀맞은 궤짝처럼
꼭 달라붙어 버렸어요.

하나 되어 야물게 물고 있는
영원히 떨어지지 않는 나사못처럼
당신과 나와의 만남은 오래전에 맺어졌던
그 무엇보다 큰 사랑의 인연이랍니다.

02

사회

꿈에 본 금강산

단풍 고운 풍악산 기암괴석
높은 삼선봉우리에
하얀 조각구름배를 매어 놓고
두 신선들이 암자에 앉아 있네.

한반도의 허리가 잘린 지가
어언 칠십 년이 지났는데
흑돌 백돌 앞에 놓고 한 판
바둑을 두고 있네.

아직도 두 신선은 한가롭게
바둑삼매경에 빠져있네
다음 수는 언제 두나
장고바둑은 언제쯤 끝날 것인가.

상상 속의 삼선봉 암자에서 신선들이 바둑이 끝나면 남북통일이 이루어지리라 염원하면서.

금의환향

고향 떠난 새끼 은어들이 참하게 자라
어른이 되어 강물을 힘차게 헤엄쳐 오른다.
뱃속에는 수천수만 새끼들을 가득 품고
나고 자란 고향 찾아 금의환향하는 고향은
위대하고 따뜻하고 좋은 곳이다.
내 고향 맑은 물 흐르는 섬진강가 마을에서
성공해서 오겠다며 집을 떠난 자들아
어디에서 무얼 하기에 귀향을 못하고 있나

물고기도 생을 마감할 때는 고향 찾는데
집 떠나간 친구들이 귀향을 하지 못해 슬픈 일이다.
금의환향을 기다리다 숨진 부모님이 살았던 고향을 향해
새끼 여우도 떠돌아다니다가 죽을 때가 되면
수구초심을 하는 것처럼 나고 자란 고향 하늘을 향해
나는 열심히 머리라도 흔들어 대리라.

남강

충절의 혼이 담긴 진주성 촉석루를
유유히 돌아 흐르는 강물은
임진계사년 사연을 잊은 듯
지금도 변함없이 푸르게 흘러간다.

논개부인 기개를 지켜봤던
강 건너 대숲바람을 탄 메아리가
뒤벼리 깎아지른 벼랑 벽을 바라보며
7만 군관민 함성을 아직도 전해준다.

의암에 낙화한 가락지는 오색찬란하게
유등으로 환생하여 수놓는데
유년도 청춘도 혼자 나는 철새처럼
그때 사람들은 모두 다 어디로 갔는가.

남북축구

남쪽과 북쪽 사람들이 축구시합을 한다.
양쪽에 기둥이 세워진 드넓은 골대 안으로
둥근 공을 발로 차 넣는 경기다.
7미터가 넘는 골대 안으로 좀처럼
둥근 공이 들어가지 않는다.
남쪽에서 강슛한 공이 공중비행을 한다.
총알처럼 빠른 공을 몰고 온 북쪽 선수가
강하게 찬 볼이 골대를 때린다.
넓은 골문 안으로는 들어가지 않고
가느다란 골대만 때리니 신기하구나
이러다가 남북선수들이 화가 나면 큰일
상대편 정강이를 걷어차면 어떡하나
무승부로 끝냈으면 좋겠는걸
서로 승부를 내기 위해 용을 쓰고 있네.

골만 들어가면 통일이 올 것 같은데 한 골 넣기가 이리 힘이 들까. 2018년 2월 남북군사회담을 보면서.

남북통일 이루자 1

남에 사는 사람이나
북에 사는 사람이나
서울에 사는 사람이나
평양에 사는 사람이나
우리는 하나 한민족이다.
남도 살면 어떠하고
북도에 살면 어떠하리
바다 저 멀리 울릉도와
제주도에 산다 해도 우리는 형제

눈과 코, 입이 같은 모양으로 반만년을 대대손손 대를 이어 살아온 우리 같은 하늘 아래서 같은 땅 위에서 국과 밥을 먹고 나물을 먹고 막걸리를 마시며 살았던 우리. 된장, 고추장, 김치를 먹고 살아온 우리다. 대대로 흰옷만 입고 살아온 순한 양들을 이웃나라 섬나라 사람들이 짓밟고 압박과 설움에서 해방도 잠시, 코 크고 파란 눈을 가진 사람들이 갑자기 나타나 우리나라 한반도를 가운데로 금 긋고 장벽으로 가로막았다.

남북통일 이루자 2

남쪽 사는 사람 북쪽에 사는 사람
오도 가도 못하고 생이별로
아픔한 지 어언 육칠십 년
남과 북을 가로막아 놓은 철조망을
거둘 생각이나 하는지.
시누이들보다 말리는 시어머니가
더 밉다고는 하지만
말로만 우방이라고 떠드는
그 사람들이 더 밉다.

우리는 하나다. 한민족이다. 싸우지 말자. 남과 북이 한마음 한뜻 되어 우리만의 힘으로 통일 이루자. 칠천만 형제들과 일천만 이산가족들이 한마음 한뜻으로 하나 되어 한목소리로 하나님께 부르짖자. 자나 깨나 기도하면 지성이면 감천 우리 소원 들어주리.

농자는 천하지대본

농자는 천하지대본이다.
아버지의 가르침이
귓속 안으로 들어오지 않고서
귓전만 맴돌다 사라질 때가 있었다.
송충이는 솔잎만 먹어야 하고
사람은 밥을 먹어야 사느니라
농사꾼의 아들은 땅만 파먹고
살아야 한다고 가르치셨다.
마구간에 쇠똥 냄새를 피하는 나에게
사람으로서 똥 처먹지 않은 놈은
하루도 못 산다고 하신 말씀이
진리임을 늦게서야 깨달았다.
밥을 먹고 배변하면 거름이 되어
다시 또 쌀로 변하여 밥이 되고
먹고 싸고, 돌고 도는 것이니
똥 처먹지 않은 놈은 살지 못한다는 가르침이
곧 농자는 천하지대본이 아닌가.

닭과 오리의 비애

무슨 죄를 지었는지 모르면서
수천 년을 속죄하는 맘으로
땅을 기며 살았습니다.
큰 날개를 부여받고도 하늘을
날아 보지 못하고 살았습니다.
에덴동산에 사과는
쳐다보지도 않았습니다만,
제명을 다 살지도 못했습니다.
이웃에 친구들이 감기에
걸렸다는 이유로 속수무책
지옥의 나래로 떨어지고 있습니다.

새해 들어 전남 나주 영암 고흥지역에 75만 마리의 닭과 오리들이 조류독감 때문에 생매장되었다는 보도가 있었습니다.

담배를 피우면

담배 끊지 못하면 죽는다고
만병의 원인이 흡연이라며 금연하란다.
공원 길거리 공공장소에서 피우면
남에게 간접흡연하게 한다고 벌금을 내란다.

백해무익한 담배를 많이 팔아야
나라살림이 부강해진다고 한다
귀성객에게 고향담배 팔아주기 권하는 것은
병 주고 약 주는 것 같아 이해가 안 돼.

미성년자가 담배를 사고 피우는 것은
나쁜 아이라고 단속하면서
할아버지 할머니 앞에서 흡연하는 걸
본체만체하는 처사는 이해가 안 돼.

옛날에는 어른 앞에서 담배 피우면
아비도 없는 호래자식이었지.

말이 많으면 공산당

이 나라에 모든 이가
공산당을 싫어한다.
친구에게 싫은 이유 물었더니
듣기 싫은 말을 많이 해서 싫다 한다나
모든 사람들이 좋아해요.
사랑해요. 라고 하는 말을 들으면
기분이 좋아진다. 그러나
듣기를 좋아하고 말하기도 좋아하지만
말을 많이 하면 공산당이라고 한다.
좋은 말들도 여러 번 듣다 보면
듣기 싫어진다.
달콤했던 말도 자꾸 하게 되면
공산당이냐. 하며 싫어한다.

말이란

말이란
연인처럼 따뜻하기도 하지만
악마처럼 무섭기도 하다.
수많은 사람들을 웃게도 하고
울리기도 한다.

말이란
사람을 기쁘게도 하고
분노케도 하는 요술쟁이다.
사람을 현혹시키기도 하고
감동케 하는 것이 말이다.

말이란
육상선수 같아서 자꾸만 빨라진다.
옛날에는 남도에서 서울까지
며칠씩 묵고 가던 말이
지금은 눈 깜짝할 새 전해진다.

말이란
달기도 하고 쓰기도 해서
사탕처럼 달콤한 말은 사람을 쉬 갈증케 하고
약처럼 쓴 말은 입 안에 오래 남아
입 안이 마르지 않는다.

무궁화

무궁화 아름다운 꽃
대한민국 우리나라 꽃
국민들이 사랑해 주지 않는다면
아무도 찾아주지도 않을 줄로 알았더니
꿀벌들이 부지런히 왔다 갔다
친구 되어 줍니다.
마음이 여리고 강하질 못해서
고뿔, 몸살, 이 병 저 병, 병을 달고 살며
힘 약한 진딧물들이 몰려오고
피와 진액 다 빨아 가도
더부살이 정신으로 살아갑니다.
뜨거운 폭염 열대야가 계속되어도
우리나라 남도 북도 가리지 않고
불평 없이 나눔을 베푸는 꽃
일본의 압박과 설움도 견디었다네.
그 이름은 무궁화 대한민국의 꽃
우리나라 꽃이라네.

광복 70주년 되는 8월 삼복더위 속에서.

무정한 세월

내가 젊었을 땐
게으르고 느릿느릿하던 세월이란 놈이
느림보 거북이 같아 답답할 때도 있었는데
내가 나이 먹고 늙어지니
낮에도 밤에도 비가 오고 눈이 와도
쉬지 않고 달리고 있구나.
세월아 네 따라가기 힘이 들구나
쉬엄쉬엄 쉬었다 가면 안 되겠니
다리도 아프고 허리도 아프고
숨차다고 하소연해도 아랑곳하지 않고
달려만 가고 있구나.
무정한 세월아 나 좀 놓아주고
네 혼자만 가면 안 되겠니
인정사정도 없는 세월이 놈이
이제야 바쁘다고 뒤도 돌아보지 않고
달려만 가는구나.

물

생명체를 가진 동식물의 구세주인 물은
혀를 함부로 움직이지 않는다.
기쁠 때도 슬플 때도 아무 말도 하지 않는다.
착한 자나 나쁜 자나 남녀노소 신분을 가리지 않고
포용하고 안아 주며 맞아들이는 거룩한 어머니다.
물은 그저 묵묵히 순종한다.
막아 놓으면 갇혀 있다가
흐르는 것도 사람들이 흘려보내야
낮은 자리 찾아 떠난다.
불처럼 높은 자리로 오르려 하지 않는다.
놋그릇 질그릇에 냄새나는 그릇에도
네모그릇이 되었든 둥근 그릇이 되었든
모양 가리지 않고 아무 데나 담길 줄도 안다.
불에 얹어 놓으면 뜨거워지기도 하고
냉장고에 얼리면 굳어진다.
교만하게 타오르는 불을 응징한다
그렇지만 한사코 아랫자리만 찾아 떠난다.

사람이 세상에 올 때는

사람이 이 세상에 올 때는
빈 손 빈 몸으로 응애응애 울면서
오는 것이 모두 다 같았는데
젖 아니면 우유 먹고 잠자며
똥 싸는 것도 같았는데

어느새 부잣집 힘센 놈 힘 약한 놈 편이 갈렸다
힘센 놈은 한 층 두 층 한 계단 두 계단
위로만 올라가고 서열이 정해진다.
힘 약한 놈은 일찍 오르기를 포기하고
사는 것이 현명한 삶이렷다.

높이 오르는 놈 위세 등등 재미있어
하늘 높이 계속해서 올라가던 어느 날
너무 높이 올라온 걸 알고 떨어질까 두려워하다 죽는다.
세상에 올 때처럼 빈손으로 돌아가는 것이
힘 약한 자가 살았던 똑같은 모습으로 돌아간다.

서울사람처럼

서울에 갈 때마다
거리를 바쁘게 걷는다
서울에 사는 사람들처럼
나도 흉내를 낸다.

지하철을 탈 때도
스마트폰을 꺼냈다가
주머니에 넣다가
다시 또 꺼내 본다.

서울에 갈 때마다
정신 똑바로 차리려고 애를 쓴다
한눈팔면 코 베어간다는 말에
서울사람인 척 흉내를 낸다.

진주 홈플러스가 있는
우리 동네 사거리에는 신호등이
바뀔 때마다 수많은 자동차가
왔다 갔다 정신이 없다.

이제는 진주에서도
정신 똑바로 차리고 살아야지
눈 코 입을 잘 지켜야지
서울사람처럼 하며 살아야겠다.

세월호에서 산화한 그대들이여 1

날씨도 이렇게 화창하고 좋은데
만물이 다 피우고 맺고 하건만
바다 멀리 손짓하는 탐라 제주와
손잡고 입맞춤도 하지 못하고

푸른 바다 가운데서 맺은 봉우리들이
아름답게 피어 보지 못하고 공룡같은
세월호가 사나운 맹골수에게는
속수무책 당하는구나.

빛도 없이 보람도 없이 산화해버린
아직 어린 그대들이여 아! 소리쳐 본다
그대들이여! 다시 소리쳐 불러보지만
메아리도 삼켜 버리는구나.

아무리 불러 봐도 대답 없는 그대들이여
부디 편안히 눈 감으소서
육신은 영원히 영면하소서
영혼은 주님 오실 때 부활하소서.

세월호에서 산화한 그대들이여 2

꽃의 계절 4월 꽃 나들이 계절에
다른 꽃들은 활짝 피었건만
맺은 큰 꽃봉오리들 아름답게 피워 보지 못하고
맹골수라 하는 공룡에게 꺾이고만
아름다운 꽃영혼들아! 꽃봉오리들아!
너무 애달프다 너무 슬프다.
그대들이 뭘 알았겠는가!
그대들이 무슨 잘못이 있었단 말인가
맹골수란 거센 공룡에게 통째로 삼킬 줄을
어찌 알았단 말인가
아! 사람들은 옛날부터 4월은 잔인한 달
네나 내나 잔인한 달이라고 슬픈 노래 불렀었지
실록의 5월 문턱에 왔다지만
푸른 하늘 푸른 들판을 달리지 못하게 푸른 꿈을 앗아간
잔인한 달 4월의 바닷물은 아직도 차가울 텐데
사나운 맹골수는 언제쯤이나
그대들을 놓아줄 것인지
아직 피지 못 한 큰 꽃봉오리들 삼켜 버린 맹골수는
아무것도 모르는 양 유유히 흐르고만 있구나.

세월호 사건 1년

갑오년 말띠 해에 개구쟁이들이
청마에 올라타고 한라산 아래
푸른 초원을 달리며
백록담에 물 마시러 내려오는
노루가족도 만나보려는 행복한
푸른 꿈은 어디로 갔나.
맹골 공룡에게 여지없이 짓밟힌 꿈을
다시 꾸기 위해 발버둥만 치다가
끝내 포기를 하고 말았구나.
청기와 집에 사는 60년 묵은 청룡은
날개옷을 지으려는지
맹골 공룡에 잡힌 어린아이들은 본체만체
날이 가고 달이 가고 년이 가도
승천하려는 헛된 꿈만 꾸고 있구나.

쓰레기 분리수거함

주택가에는 없는 풍경이다
아파트에만 있는 풍경이다
캔, 페트병, 소주병, 맥주병, 고철
쓰레기 분리수거함이
가슴팍에 이름표를 달고 당당하게 줄지어 서 있다.
음식물쓰레기통에서 냄새가 진동한다고 했더니
서민들이 사는 아파트에서 나는 냄새가 아니라 한다.
청와대, 중앙정보부, 국회의사당에 있는
부패한 쓰레기통에서 나는 냄새라고 한다.
기름기가 좔좔 흐르는 값비싼 음식물과
살찐 고기들 썩는 냄새는 보리밥을 먹고
뀌는 방귀보다 더 독하다.

아파트경비원 하던 때.

알쏭달쏭해

나라가 귀할까, 아니면
국민이 더 귀할까
나에게 물어보면 나는 말 못해

밤이 더 길까,
아니면 낮이 더 길까
나는 몰라 말할 수 없어

닭이 먼저일까
아니면 달걀이 먼저일까
아무것도 모르니 물어보지 마.

뭐라고 말 못하겠으니
다른 사람에게 물어봐
나에게 물어보면 알쏭달쏭해

원죄

오늘도 어제처럼 덥다
덥다 못해 푹푹 찐다.
에덴동산에서 죄인으로 쫓겨나서
지금까지도 원죄를 씻지 못했나 보다.
하나님께서는 폭염이 내리쬐는 오늘도
나이 지긋한 늙은이들에게 죄를 묻고 있다.
질겨 보이는 끈으로 목을 감아 졸라매고
바람도 통하지 않는 정장에다
구두에 두꺼운 양말을 신고
발등까지 내려온 바지를 입고
땀을 뻘뻘 흘리며 손바닥을 펴서
부채질하고 있다.
원죄에서 풀려난 젊은 여자들이 걸어오고 있다
검은 꼭지만 덮은 티셔츠에 그리고 핫팬츠
두 줄로 곱게 뻗은 각선미에
눈동자는 위로 아래로 바쁘기만 하다
빨간 매니큐어 칠을 한 하얀 발가락을
쳐다보다가 위로 거슬러 올라간다
시선이 마주치면 재빨리 먼 산만 바라본다.

아파트경비원 자리 구직활동을 하고 오다가 젊은 여자들을 본다. 핫팬츠와 짧은 치마가 아슬아슬하다.

우리는 하나

일본에 빼앗겼다 되찾은 이 나라를
눈 파랗고 코 큰 사람들이 어느 날 찾아와서
금수강산 반 갈라서 남쪽 북쪽으로 쪼갰다.
제비뽑기도 하지 않고 사이좋게 나눠 갖더니
한 세기가 다 가도록 피눈물을 삼키게 했다.
저들이 부추긴 싸움은 그쳐야 할 때다
남에 사는 사람이나 북에 사는 사람이나
서울에 사는 사람이나 평양에 살더라도
우리는 하나다 둘이 아니다.
南도 살면 어떻고 北도 살면 어떠리오
전주이씨가 부산 살면 어떠하리
경주김씨가 광주 살면 어떠리오!
바다 저 멀리 제주 울릉도에 산다면 어떠하리.
얼굴에 눈과 귀 코와 입 모양도
말도 하나 글도 하나 우리는 하나이다.
단군후예 같은 피를 반만년을 이어오며
젓가락으로 밥을 먹고 수저로 국을 먹고
된장 고추장과 대대로 김치를 먹고
순한 양처럼 흰옷을 입었던 우리
한반도에 모여 살며 아리랑을 불렀었다.

그자들이 한반도를 둘로 쪼개고 난 후 지역감정이란 놈이 태어났다.

위안부

때 하나 묻지 않고 티도 없이 자란
양처럼 순결한 꿈 많던 소녀들을
인간 탈을 쓴 섬나라 늑대들이
어미 소 품속에서 송아지를 떼어내듯
야만적으로 강제로 끌어다가
자칭 위안부라 칭하였다네.

겉옷 속옷 아무렇게나
벗겨 던진 야만인들에게
이리 씹히고 저리 씹히고 이빨자국
선명하게 남긴 채로 뱉어진 껌처럼
또 다른 놈에게 잔인하게 씹힘을 당하고
단물 쓴물 다 빼 먹히고 뱉어버림을 당했구나.

껌 같은 신세가 되어버린 70년 넘은 한을
그대로 간직하고 떠나간 임들께선
우리의 어머니와 할머니들이셨다.
상기하자 6 ·25만 외치지 말고
그들의 야만을 삼월 하늘 쳐다보듯
섬나라 일본 악마들을 잊지 말고 상기하자.

유등

성안에 깜박거리며 졸고 있던
이색 삼색 불을 켠 유등들이 유유히 흐르는
푸른 남강 물을 붙잡고 졸졸 따라가며
옛날애기 해달라며 졸라댄다.

는개 부인이 의암에서 열 손가락에
끼고 있던 무지개색 옥반지를
게야무라에게 선물했다는 얘기에
활짝 웃으며 즐거워한다.

임진년과 정유년에 진주성은
군과 민이 왜군에게 물샐틈없이 포위되어
바람 앞에 등불이었던 그때 얘기를
다시 들려달라고 졸라대고 있다.

왜군에게 군관민 칠만이 위태롭다는
유등편지를 두물머리까지 전해주었다는
풍전등화 같은 얘기 듣고는 유등들이
숙연해진 채 따라가고 있다.

이제는 햇빛 비추었으면

삼천리 반도 금수강산
한반도 남쪽 쪽빛 바다 위에
한라산 높이 솟은 골짜기 자락마다
보금자리 터 닦아 대대손손 하얀 옷만 입고
옹기종기 모여서 살아오다가
이웃나라 승냥이들 침략으로 어언 반세기
압박과 설움으로 살아왔었다.
오직 해방만을 위해서 기도하면서 살아왔기에
낫 놓고 기역 자도 모르는 순한 양으로만 살았다
이념과 사상이 무엇인가 어찌 알 건가
아무것도 모르고 살아온 할아버지 할머니와
부모형제 온 가족을 무참히 짓밟았었다.
낮에는 이쪽 사람들이 와서 목숨 빼앗고
저녁엔 저쪽 사람들이 죽이고 갔네.
어떤 사람은 의로운 죽음이다 국가 유공자 되고
어떤 이는 빨갱이로 낙인찍힌 영령들이 구천을 맴돌다가
올 4월 3일엔 모두 다 의로운 죽음이었다고 위로받았다.
제주에 영혼들을 편안히 잠들 수 있도록 위로해 주었던 것처럼
아! 여수 순천 하늘과 땅엔 언제쯤 햇빛 비추려나.

을미년 삼일절

우리 민족 대표 서른세 분이
파고다 공원에서 횃불 들어올렸다.
기미년 2 ·8선언 큰 목소리 하늘까지
높이 솟아 울려 퍼지니 밝은 태양이
삼월 초하루 날 삼천리에 떠올랐다.

이 땅에 삼천만 동포의 함성이
한반도에 우렁차게 메아리쳤다.
대한민국 독립만세 함성소리 드높았다.
여호와의 백성들이 함성 지를 때에
철옹성 같던 여리고 성이 무너짐을 아는가!

하늘에서 천벌 받던 그때를 잊었나
독도를 넘어다보는 침략야욕 드러내며
속죄하고 회개하지 않는 모습 보일 때는
70년 전 번갯불보다 더 뜨거운 벼락불이
내린다는 것을 알렸다.

일본사람들과는 결코 마음 문을 열지 못할 야만인들이다.

장애인

나는 장애인인가 보다.
옷이라도 걸어야 하는데
망치질이 어렵고
벽에 못이 들어가지 않는다.

나는 장애인인가 보다
운동회 때 달리기는 꼴찌만 했고
동창 체육회 때 배구를 할 때도
다리가 아프다고 핑계를 댔다.

나는 장애인인가 보다
찬송가나 유행가 아름다운 노래를
제대로 잘 부르지도 못하고
음치면서 외우지를 못한다.

나는 장애인인가 보다
네 이웃을 네 몸처럼 사랑하라
말씀대로 살지를 못하니
아, 나는 중증장애인인가 보다.

정도(正道)

동산에 떠올라서 서산을 향해가는 해는
일 년 삼백육십오일 초심을 잃지 않는다.
눈이 오나 비 오는 날도 서산을 넘고 돌아서
동산에 떠오르고 가는 길이 날마다 같다.

비바람 큰 태풍이 몰아쳐도 가는 길은
좌(左)로나 우(右)로 치우치지 않는다.
빠르거나 느리게 걷는 일도 없이 반듯하게
영원토록 정도(正道)를 걷겠다고 한다.

앞길 가로막은 검은 구름 헤치고 가느라
지칠 만도 하지만 한 번도 거르는 일이 없다.
오늘도 동산에 뜨는 해가 지친 기색 없이
묵묵히 서산을 향해 걸어간다.

천지개벽

콩 심은 데는 콩이 나고
팥 심은 데는 팥이 나는 법칙은
강산이 골백번 고쳐지고 변하여도
콩 심은 데는 팥이 나고
팥 심은 데는 콩이 나는
천지가 개벽하는 일은 없을 터
부잣집 밭에서는 부자자식만 태어나고
가난한 집 밭에서는 가난한 자식만
태어나는 것이 굳어버린 법칙이다.
부잣집 밭에 난 놈 따라가기 위해
죽기 아니면 살기로 뛰어 보지만
결국에는 숨만 차서 쓰러진다.
강산만 바뀌고 또 바뀔 뿐
부잣집 놈과 거리는 점점 더 멀어진다.
부잣집 나락이 앞에 패고 돈이 돈을 낳고
뱁새가 황새걸음 따라가는 법칙은
천지가 개벽이나 된다면 변화될 것인가 보다.

축구시합

흥부네 집 지붕 위에 둥근 박들이 변신했다
악마처럼 굴러다니며 무차별 공격을 하고 있다.
인공위성 미사일보다 빠르고 위력적인데
흥부네 집보다 넓고 큰 골문을 뚫지 못한다.

열 명이 지켜도 한 놈 도둑을 지키지 못하고
문이 열린다는 말이 있지 않은가!
열 명의 공격수가 한 명이 지키는
골문을 열지 못하고 끙끙거리고 있다.

십여 명의 도둑들이 실랑이하고 있다.
시간은 흘러가고 흥부네 박들이 맘만 급하네.
문지기의 눈동자와 움직임은 더 빨라지고
열 명의 도둑들이 쩔쩔매고 있다.

쏜살처럼 빠른 대포알 슛을 때려보지만
문기둥과 문설주를 두들기다 만다.
흥부네 박들이 점점 지쳐만 가고
놀부네 집 성문은 굳건하기만 하다.

빈부격차가 줄여지기는커녕 점점 더 벌어진다. 요즘 세상은 있는 자들의 천국이다. 가지지 못한 자들은 다람쥐 쳇바퀴 굴리는 것과 같다.

흰옷 입은 천사들이 사는 곳

흰옷 입은 천사들이
반만년 일찍부터
한반도에 터전으로 삼아
아들 낳고 딸 낳고
대대손손 대를 이어 살아온 우리
사상과 이념이 무엇인가
아무것도 모르고 살아온 우리
할아버지와 아버지 나와 아들
한 무리로 평화롭게 살아온 우리
어느 날 갑자기
파란 옷 붉은 옷 입은 자들이
반민하자 반공하자 외치다가
늑대 탈을 뒤집어쓴 자들아
반민도 가라!
반공도 가라!
모두 다 가라!

가버린 세월 | 강물 | 내 인생에 봄날에는 | 내 인생의 황금기 | 동짓날의 추억 | 서울야경 | 세월 1 | 세월 2 | 세월 3 | 세월 4 | 세월 5 | 세월 6 | 세월무상 1 | 세월무상 2 | 세월아! | 세월아, 세월아 | 세월아 친구하자 | 세월 앞에는 장사 없습니다 | 세월을 즐기고 싶다 | 세월의 강 | 세월이 가는 곳은 | 세월이 약이겠지요 | 섣달 | 섬진강과 지리산 | 설날 아침의 추억 | 설날과 입춘 | 시간여행 | 아이야, 아이야! | 태풍주의보 내린 날 | 필연 | 허무한 세월이더라

03

세월

가버린 세월

며칠 밤낮 잠자고 일어나고
잠깐 세상 산 것 같은데
세상 사람들도 우리 집 쌍둥이들도
할아버지라 부른다.

기쁜 일 궂은일 당하면서
하루 이틀 살다보니 어느덧
강과 산이 대여섯 번씩이나 변해버린
세월이 덧없기만 하다.

푸른 꿈 고이고이 간직했던
젊은 시절 꿈꿨던 바람들이
보일 듯이 잡힐 듯이 물거품 되고
어느덧 해는 서산(西山)을 향한다.

망망한 사막에서
맑은 물 샘솟는 신기루처럼
오아시스는 찾지 못하고
살아온 세월들이 허망(虛妄)하기만 하다.

강물

강물은 계속해서 흘러만 간다.
밤에도 낮에도 쉬지도 않고
강물이 흘러 흘러 어디로 갈까
어디론가 부지런히 흘러만 간다.

흐르는 강물에게 물어보았다.
너처럼 흘러만 가는 것이 세월이더냐
아무런 대꾸도 없이 흘러만 간다
아무런 말도 못하는 바보인가 보다.

세월아 어디로 가느냐고 물어보았다
세월도 흘러가는 강물처럼
아무런 대꾸도 없이 가기만 하네
아! 세월과 흐르는 강물은 쌍둥이인가 보다.

내 인생에 봄날에는

내 인생의 봄날에는
세월이 느림보 거북인 줄 알았었고
흐르는 물과 같다고 하는 것을
깨닫지 못했었네.
내가 깜박 잊고 사는 동안에
계속해서 달려가는 것이
세월인 줄 늦게야 깨달았네.
젊었을 때 잠시 날이 가고
봄이 가고 가을 오는 것을 알았지만
세월 흐르는 것이 나와는 상관없는 듯
깜박하고 살았을 때
세월은 쉬지 않고 저만치 달려가니
꽃피는 봄날에 토끼와 거북이 경주처럼
잠시 잠깐 세월을 잊고 살 때
느림보 거북이가 어느덧 정상에 오르고 있네.

내 인생의 황금기

개구쟁이 초등학교 시절이
나에게는 인생의 황금기였습니다.
나에게 주어진 공부하고 숙제하고
친구하고 딱지치고 *조포놀이 하고
놀기만 했으면 되었으니깐요.
연애하고 사랑을 하고
결혼할 필요가 없어 좋았고
가족을 부양하고 사회에 간섭할
필요가 없었습니다.
세월 가는 것 모르고 살았었으며
늙는 것 걱정 안 하고 살았었습니다.
초등학교 개구쟁이 시절 그때가
내 인생의 행복했던 황금기였습니다.

---

*조포 = 마당에 8자모양이나 네모 각마다 둥그런 원으로 방을 그려서 상대의 수비를 무너뜨리고 고지를 빼앗는 놀이.

동짓날의 추억

동짓날 잠자면 눈썹 빠진다.
어렸을 적 해마다 듣고 자랐네
섣달 그믐날 잠자면 도깨비가 눈썹 빼간데
어렸을 적 이런 말들 듣고 자라서
그땐 잠들지 않기 위해서
무던히도 애를 썼습니다.

철든 후에야 이 말뜻을 알았습니다.
부모형제 온 가족이 함께 모여서
놀이와 음식 만들어 나누어 먹고
밤새 얘기꽃 피우고 한마음 되면
형제끼리 우애 있고 소통 잘되고
부모와 자식사랑 키우기 위한 말이란 것을

어느덧 자라서 열여섯 열일곱 사춘기 되니
동짓날 섣달 그믐날 잠들지 않기 위해서
선배들 닭서리 따라다니며 온갖 심부름 다 해주고
우리끼리 모여서 막걸리 퍼마시며 밤새도록
화투놀이 하다 친구들 멱살 잡고 싸움질 하고
온갖 못된 짓은 다 했지만 재미있는 추억입니다.

동짓날이지만 도회생활하면서는 동지 팥죽을 먹지 못한다.

서울야경

설 명절 다가오는데 고향에 가고 싶어도
돈이 없어 못 내려가는 신세라네
울적한 맘 달래기 위해 남산에 올랐더니
화려한 불빛이 가을 하늘 별 같았네.

큰 조개 작은 꼬막 옹기종기
엎어 놓은 소꿉처럼 헤아릴 수 없는 집이
토닥토닥 많기도 한데 이 한 몸
누울 수 있는 골방 하나 없던 때라

답십리 산동네서 방 한 칸 얻었을 때
한눈에 펼쳐지는 서울시내 야경들이
남산서 보는 것보다 한층 더 아름다워
사랑하는 사람과 보고 싶었었네.

그때는 좋아하는 여자도 돈도 기술도 배움도 아무것도 없었던 암울할 때였다.

세월 1

검은 머리는 누가 뽑아갔으며
얼굴에 주름살은 누가 그어놨느냐고
이발소에서 이발을 하다말고
노(老)이발사에게 물었더니
세월이가 범인이라고 고자질을 한다.

청년 때는 세월이란 년이
발걸음도 사뿐사뿐 착하기만 하더니만
나이를 먹으면서 악녀로 변했구나
젊었을 때엔 어머니 품속처럼 따뜻했던
세월 년이 가면을 쓰고 변장을 했었구나.

몸동작 둔해지고 나이 들고 늙어지니
이제야 본색을 드러내는구나
비염 혈관질환 허리통증에 전립선질환
질병들을 거느리고 공격을 하는
세월이란 년은 마귀할멈이었다.

세월 2

세월이 어디에서 오는 건지 알 수 없다
어디로 가는지도 알지 못한다
낮에 오는 건지 밤에 오는 건지
아무도 가고 오는 것을 본 사람이 없다

어디에서 오는 건지 가는 건지 알지 못해도
낮에 오는 건지 밤에 오는 건지 모르면서도
내나 네나 세월이 빠르다고 푸념을 한다
모두 다 오는 세월도 가는 세월도 무서워한다.

소년과 청년들은 오는 세월 가는 세월을
꿈과 소망으로 맞고 배웅하며 행복해하고
세월은 생일과 설 추석명절 소풍날도
기쁨과 행복 갖고 오는 좋은 친구다.

근심걱정 두려움만 갖다 준다며
반기는 청소년들처럼 살 수는 없을까
가는 세월 오는 세월 피하지만 말고
이들에게서 세월과 좋은 친구 되는 법을 배우라

세월 3

장막을 치고 사는 사람들은
세파를 막기 위해 담을 높이 쌓고
수도생활을 하면서 하루하루 보내기가
지루하다고 야단이네.
부처님 오신 날, 광복절, 추석, 성탄절, 설날
어서 오라고 손꼽지만 세월은 더디기만 하다
많은 시간 걸어왔지 하고 뒤돌아보면
이제 겨우 몇 발자국 찍혀 있고
앞을 바라보니 끝없이 펼쳐진 길이
막막하기만 하다고 한숨짓고 있네.
나도 세월 더디 가는 그곳에 가고 싶지만
나 같은 졸장부는 들어갈 수 없는
출입금지 구역이라 하네.

크고 작은 죄를 짓고 갇혀 사는 사람들은 부처님 오신 날, 광복절, 추석, 성탄절, 설날이 더딜 것이다. 세월이 느림보처럼 느껴질 것이다. 이들이 부럽게 느껴지는 건 왜일까.

세월 4

글쓰기 문외한이었던 내가
꿈 깨닫고 나니 행복하고 바쁘구나.
오랜 세월 문학 꿈을 황혼길에 이뤘으니
전국에 이름난 글쟁이들이
같이 앉아 놀자 하네.
오곡백과 익어가고 조랑말은 살이 찌고
하늘도 높고 산도 곱고 아름답다며
같이 모여 노래 부르자고 하네.
원근에 글쟁이들이 단풍놀이 가자 하니
춥지도 않고 덥지도 않고 시월이 즐겁구나
산도 보며 꽃도 보고 맑은 물도 쳐다보며
텃밭을 가꾸듯이 틈나면 읽고 쓰고
황혼의 하루하루가 사는 것이 즐겁구나.

세월 5

세월아 세월아! 아무리 불러 봐도
뒤도 돌아보지 않고 가기만 하네.
세월아 너무 빨리 간다. 애원해도
도무지 발걸음을 늦추지 않네.
이 몸의 발걸음은 점점 더 느려지는데
무정한 세월이 더 빨리 달려가네!
꽁무니 불붙은 호랑이처럼
부리나케 도망가듯 빠르기만 하네.

세월 6

생일과 설날 추석 명절 소풍날을
기다리던 때 그때가 좋았었지
세월에게 어서 오라고 친구처럼
반기던 시절 그때가 언제이었던가.

세월이 어디에서 오는 건지
어디로 가는 건지 알 수 없는 것이
빠르기가 쏜살같아 보이지 않고
하루는 눈 깜짝 새고 일 년은 금방이네.

낮에 오는 건지 밤에 오는 건지
아무도 보지도 않았는데 저만치 달려간다
기어갔을까 날아갔을까나
보이지도 않는 세월을 빠르다 하네

백발 된 사람들은 푸념을 하며
왔다가 가기만 하는 세월을 겁내고 있다
호랑이가 곶감 무서워하는 것보다
무서워 벌벌 떨고만 있다.

세월무상 1

한밤 자고 나면 손가락 하나 접어 넣고
제발 어서 빨리 설날 오라고 한때는
어슬렁어슬렁 동작이 느리더니
이제와선 너무 빠르기만 하구나.

세월아 네월아 제발 좀 가지 마라
시간이 빨리 가면 임당수에 가야 하는
심청이처럼 애원해도 소용없고
폭포처럼 쏜살처럼 너무 빨리 달려간다.

바른길 걸으면서 사람도리 다하다
아들 낳고 딸도 낳고 부모형제 모셔다가
양지바른 언덕 아래 고래 등 같은 집을 짓고
천년만년 살고 지고 꿈 못 이루었네.

세월무상 2

오는 세월은 힘센 골리앗도 못 막고
가는 세월은 삼손 장군이라도 잡을 수 없을 것
세월처럼 흐르는 강물은 막을 수가 있다지만
날이 새고 어두워지는 밤은 어느 누구라도
멈추게 하며 간섭할 수 없다 하지요

젊은 청년들은 힘세다고 자랑한들
시집 안 간 처녀들이 얼굴 모습 자랑한들
아침 오면 어느새 밤이 오고 금방 또 날이 새잖은가
머지않아 청년들은 노년이 되고
처녀였던 아름답던 얼굴에는 주름살이 생길 것

가는 세월이다며 덧없이 흘려보냈으니
이제라도 오는 세월 아무렇게나 보내지 말고
매사에 몸가짐 맘가짐을 단정히 하고
남은 세월 남은 인생 보람되게 살았어야 했잖은가

빈 손으로 왔다가 빈 손으로 가는 인생
흙에서 왔다가 흙으로 돌아간다는 진리를
늙어서 느끼게 되고 후회를 한다 한들
아무런 소용없는 허무한 인생이잖은가.

세월아!

나 어렸을 때 그때에는
올 설날 지난 후에 내년 설날
어서 빨리 오라고 두 손 모아
간절히 하나님께 기도했었지

나 어렸을 때 젊었을 땐
느림보 거북이던 세월이
이제야 말귀를 알아들었나 봐
작년에 갔던 설날이 벌써 눈앞에 왔다네.

어디로 데려가 버렸을까
부모님도 안 보이고 형제들도 안 보이네
연당 소(沼)에서 멱 감던 동무들 많았는데
어디 가서 안 보일꼬 다 세월이년 네 때문이지.

세월아, 세월아

세월아, 세월아
숨도 차고 힘들어 죽겠구나.
잠깐만 쉬었다 가면 좋겠는데
듣는 체 마는 체 하며 무반응이네.

세월아, 세월아
너무 빨리 가는 것 같구나
제발 발걸음을 늦추어다오.
하소연해도 뒤도 돌아보지 않네.

세월아, 세월아
무작정 가기만 하는 세월은
벙어리가 되었는지 불러 봐도
앞으로 가기만 하면서 대답이 없네.

아! 무정한 세월이구나.

세월아 친구하자

초등학교 동문회가 있는 날이다.
볼일이 있어 밖에 나갈 때마다
거울을 봐야 하니 가는 길 내내
우울한 맘일 수밖에 없었다
올해에도 용만 이는 오지 않았다.
언젠가부터 코흘리개 동무들이 아니고
광수, 주훈이, 석주와 호준이 다른 친구들도
늙은 할아버지로 변장을 하고 왔다.
무정한 세월과 친구가 되어야 한다는데
항우장사라도 어쩔 수 없는 것
오는 세월 막을 수도 없고
간다는 세월을 어찌 잡을 수가 있을까.
체념할 수밖에 없었다.
가는 세월에게 뒤에서 욕을 하고
불평하고 나무라면 이놈의 세월은
더 빨리 달아나기만 한다. 며
좋은 말로 달래고 어우르자고
친구처럼 같이 지내고 즐기는 것이
세월이 더디 가게 붙잡는 방법이라고 뜻을 모으고
세월아 친구 하자고 합창으로 외쳐 댔었다.

순천 황전초등학교 동문회 날에.

세월 앞에는 장사 없습니다

스물 서른 살 젊었을 적에는
지난 칠팔월처럼 무더울 때에도
청바지에 메리야스를 걸치고서도
나무 그늘 밑에 팔 베고 누우면
곧장 잠이 들었습니다.

몇 해 전 유난히 추웠을 때처럼
삼동설한 눈보라 칠 때도
그때는 내복도 입지 않고 양말도 없이
친구들과 밤새도록 싸다녀도
추운 줄도 몰랐습니다.

건강하고 힘센 장사라 해도
세월 앞에는 장사 없다 하시던
이제야 옛날 어른들 말씀을 실감합니다.
추위 걱정 더위 걱정 모르고 살아오다가
환갑 지나고 나니 몸놀림도 둔해집니다.

아침저녁 날씨가 차가워지니
올 겨울 지내기가 걱정됩니다.
몇 해 전 언젠가부터는 여름보다는
겨울나기가 힘이 드니 걱정됩니다
오리털 점퍼를 벌써 꺼내 입었습니다.

세월을 즐기고 싶다

도망만 가는 세월을 가지 못하게
바쁘게 쫓아가서 꽉 붙들 수도 없고
멀리서 달려오는 세월을 오지 못하게
미리미리 막을 재주도 없다.

서산에 지려 하는 해를 잡을 수만 있다면
동산에 뜨는 달을 머무르게 할 수 있다면
세월은 오래도록 나와 함께 즐길 수 있는
친구삼고 오래오래 즐기고 싶다.

찔레꽃 나무에는 진딧물이 즐기듯이
봄볕 꽃향기에 꿀벌이 춤을 추고 즐기듯이
배를 채운 애벌레가 행복한 낮잠을 자다가
나비가 되어 공중을 훨훨 나는 꿈을 꾸네.

잎을 피우고 지는 새싹들은 한가롭다
세월이 빠르지 않다고 여유롭게 즐기는데
나는 이런 미물보다도 약한 것 같아서
세월을 즐기게 해달라고 열심히 기도해야지.

세월의 강

세월의 강은 흘러만 간다.
우리가 잠자는 동안에도
고뿔감기 하는 동안에도
쉬지 않고 흐르기만 한다.

세월의 강이 흘러가다가
망망대해에 골인하는 날
흐르는 강이 멈추게 되는 것
우리의 삶도 이같이 멈추게 된다.

기쁘고 즐거울 때는
세월의 강이 어디만큼 흘러갔나
모르고 있었는데 어느새
망망대해가 눈앞에 보이네.

내 몸 늙어지고 곱던 얼굴에
주름살 늘어나니 느끼게 되네.
세월의 강은 어느덧 골인 지점
큰 바다에 가까이 가고 있네.

세월이 가는 곳은

세월은 가만히 한자리에 있지를 않고
한사코 어디론가 가려고만 설레발을 한다.
세월은 앞으로만 갈 뿐이지
좌로나 우로 뒤로는 가지 않는다.
세월은 바람 불고 비 오 날도
뜨거운 여름날도 눈 오는 겨울에도
앞만 보고 묵묵히 달려만 간다.
높은 산이 가로막고 깊은 바다가 있어도
조금도 지체하지 않는다.
세월이 가는 곳을 어디인지도 모르면서
무심코 따라 달려가는 사람들은
시장가는 사돈을 따라가는 것 같다
힘들고 지쳐서 결국은 쓰러지게 되어도
아랑곳없이 뒤돌아보지 않는 야속하기만 한
세월의 뒤를 묵묵히 따라만 간다.

세월이 약이겠지요

세월이 약이겠지요
내 가슴에 상처는
어느 유행가 가수가 노래한 것처럼
세월이 가면 아픈 곳은 낫겠지요.
그러나 나에게는
너무나도 큰 상처였어요.

신동교회에서 떠나던 날.

선달

12남매 형제들이 올망졸망
기대를 갖고 힘차게 출발했다
세상살이 가시밭길을 헤치고 오르다
다 뜯기고 찢어지고 난 후
이제서야 뒤돌아보네.

뒤따를 줄 알았는데
다 어디로 떠나갔나
오르막길 숨이 차서 쓰러지고
돌부리에 넘어지고
비탈길에 다리아파 주저앉고

형제자매들이 모두 함께
유종의 미를 거둘 걸 기대했다가
홀로 서서 눈물만 짓고 있네.
달랑 홀로 남은 막내가
애처롭기만 하구나.

세월 참 빠르다. 약국을 경영하는 선배가게에서 달력을 얻어다 벽에 걸은 지 엊그젠데 벌써 한 장 두 장 다 뜯겨 나가고 달랑 12월 한 장뿐이다.

섬진강과 지리산

십 년이면 강과 산이 변한다고
앞서가신 선인들이 말씀하셨지만
지리산 골짜기는 늘어나지 않고
섬진강 길이와 넓이도 변함이 없는데
나의 모습은 십 년이 지날 때마다
놀랍도록 빠르게 변해만 간다.

강산이 여섯 번 변하는 세월 동안
우뚝 솟은 천왕봉은 높낮이가 그대로고
유유히 흐르는 섬진강물은
예나 지금 빠르기 변함이 없는데
내 앞머리는 어느새 민둥산이 되어버리고
정상에는 몇 개의 백발만 휘날린다.

얼굴엔 여기저기 깊은 골짜기들이
한없이 늘어나다가 언젠가 는
세찬 바람 부는 날에는 이마저 어둠 속
어디론가 멀리 훨훨 날아가 버리겠지.
아! 내 고향 산천 지리산 섬진강이
내가 살고 갔다고 후세에게 전해주겠지.

설날 아침의 추억

지난 세월 뒤돌아보니
즐거운 추억도 있다.
해마다 섣달 그믐날 저녁만 되면
잠자면 굼벵이 된다는 말이
그때는 어찌나 좋았던지.

동네친구들과 밤샘 담배 내기
나이롱뽕, 섯다, 두 장 빼기에
뜬 눈으로 날밤 지새다가
설날 아침이면 방문 열고 마루에서
아버지께 세배를 올렸었다.

차례가 끝난 떡국상에 종지간장이
화투장인 장땡으로 보였었다.
어딜 내가 묵었다. 중얼거리는 소리에
아버지가 왈, 이놈아, 쪼금씩 묵어라
고함소리에 정신을 차렸던 설날 아침 추억이다.

잠이 쏟아질 때는 홍수가 나 지붕 위로 올라가 떠내려가면서도 졸다가 죽는다는 말이 있다. 섣달 그믐날 밤샘을 하고 아버지께 마루에서 문안 세배를 하고 떡국을 먹을 때는 조는 바람에 간장종지 화투장으로 보이기도 했다.

설날과 입춘

아이 어른이 설날이라며
모두 다 맘 설레는 날이지만
행복한 날이라고 말할 수 있겠는가
외롭고 쓸쓸함이 몰려온다
그렇지만 구차하게 슬픈 날이다고는
말하지 않으련다.

설날과 새봄이 왔다 가도 기쁨을 누가 주나
그 누가 돈을 주나 어떤 이가 덕담을 주나
늙어빠진 내 얼굴에 또 다시 주름살만
세월놈이 한 획 두 획 줄긋기 하고 즐길 것인데 뭘…….
설 쉰 지가 며칠인데 벌써 입춘이니
새봄이 오면 사람들은 그렇게도 맘 설렐까.

시간여행

짜깍짜깍 걸어가던 벽시계가
한 바퀴를 돌려다 말고 멈추어 쉬고
벽에 걸린 달력이 몇 장만 뜯긴 채로
시간여행을 하고 있다. 그러나
시간은 세월이를 꼭꼭 숨겨서
머리카락도 보이지 않는다.

고장 난 벽시계와 뜯겨지지 않은
달력은 하루가 가고 이틀이 가고
한 달이 가도 그대론데
날마다 아침저녁 해와 달을 앞세우고
시간은 어디론가 여행을 하면서도
정확하게 세월을 적용하고 있다.

달 넘어간 달력을 뜯지 않아도 배터리 소진한 벽시계가 멈춰 서 있지만 그래도 시간은 가고 세월은 간다.

아이야, 아이야!

아이야, 아이야!
흘러가는 저 강물보라
되돌아 다시 흐르지 못하듯이
무심코 흘려버린 시간들은
되돌릴 수가 없는 법이란다.

아이야, 아이야!
나의 붉은 피가 돌고 있는 너에게
일편단심 바라는 것은 오직 하나다.
오늘도 내일도 열심히 살아다오 뿐
세월을 허비하지 말고 아끼라.

아이야, 아이야!
지금 이 시간도 흘러가는 시간 들은
다시는 되돌아오지 못한다고
안타까운 노래를 부르며 흐르는
세월의 소리를 들어보려무나.

금보다 귀하고 소중한 시간과 세월을 방콕만 하는 아이에게

태풍주의보 내린 날

망망대해 넓은 바다 위에 갈매기도
고기잡이 나갔던 통통배도 돌아온다.
빠르게 날던 쾌속 유람선도
푸른 하늘 쏜살처럼 날아가던
제트 여객기도 날지 않고 쉬고
태풍주의보 내린 날은 모두 다 멈춘다

205호나 305호에 찾아오는 세월과
건넛집과 아랫집에 찾아오는 세월도
나에게 찾아오는 세월도 모두
태풍주의보 내린 날도 쉬는 일이 없다.
궂은 날 좋은 날 가리지 않고
쏜살같이 무조건 가고만 있다.

태풍으로 하늘 길이 막혀버리고
철길이 유실되면 비행기도 KTX도
모두 다 꼼짝없이 멈추는데
세월은 인정사정도 없다. 좋은 날도 궂은 날도
쉬는 날도 없이 어김없이 찾아왔다가
태풍보다 더 빠르게 무사통과다.

강도 높은 지진이 발생해도 전투기에 핵폭탄이 폭발해서 천지개벽한다 해도 세월은 아랑곳없이 달려갈 것이다.

필연

오는 세월 막으려고 담장을 쌓겠는가.
가는 세월 가지 못하도록
그물을 칠 수가 있겠는가.
동산에 떠오르는 달을 막을 수가 없고
서산에 지는 해를 잡을 수가 없으니
사람이나 짐승이나
물속에 물고기나 공중에 새들이나
한번 나고 나면 한번은 죽어야 하는 것도
어느 누가 감당할 수 있겠는가.
직위가 높고 낮고 부가 있건 없건
남자나 여자나 벌 나비와 수목인들
하찮은 들풀일지라도 모두다
한번 나면 한번 죽는 것은 필연이다
모두 다 피할 수는 없는 공평한 법칙이네.

허무한 세월이더라

인생세월 빠르기가 나이대로 적용된다 하니
10대는 10km 30~40대는 30~40km
칠십이 내일이라 쏜살같이 달려가네.
비염 전립선약 혈압약에 허리협착 추가된 몸
빠른 세월 따라가다 약에 취한 몸이 흔들흔들하더라

소년세월 더디 흘러 느낌 없이 살았으니
설 명절 생일날을 기다리기 지루했지
한 해가 지나가면 나이 보태 좋았는데
언제부터인가 한가위나 명절 맞을 때는
기쁨 즐거움 행복 못 느끼고 서럽기만 하더라.

어느새 걸어왔나 너무 많이 와버렸네
임진년 태어나서 육십갑자 돌았으니
회갑이라는 세월 한 바퀴 돌았구나.
지금까지 많은 세월 살아오는 동안에
알찬 보람 느끼지 못해 허무하기만 하더라.

육십갑자 돌고 나서 다시 또 도는 인생
잠시 뒤돌아보니 출발지점 희미하네.
몸도 늙어 맘도 늙어 억지춘향 길을 간다.
저녁이면 언덕 위에 그림 같은 집을 짓고
오아시스 신기루를 좇아가다 아침이면 꿈 깨더라.

04

어머니

고향 장터

나 어렸을 적에 여섯 해 동안 매일 오고 갔던
황전초등학교 길목 괴목(槐木)장터에는
삽치 팔동(八洞) 건구 칠동(七洞) 사람들과
이웃동네 월등 동네사람들과
우리 동네 발산(鉢山) 마을 사람들이 있어
닷새마다 손꼽아 기다리던 그때가 행복했습니다.
병아리 강아지 검정고무신과 때때옷들과
고등어 갈치 구수한 붕어빵과 선지국밥 등
온갖 물건들이 다 모여 있고 사람들로 넘쳐나
우리나라 사람들이 다 모여 있는 것 같았습니다.
발 디딜 틈이 없는 장터 골목을 엄마 찾아서
부딪히며 밟히며 헤집고 다니던 그때 초등학교 시절
점심시간 그때가 행복했습니다.
엄마가 사 주시던 선지국수 한 그릇과
붕어빵 한 마리가 세상에서 제일 맛이 있었습니다.
반백년이 지난 나의 고향 괴목장터에
인산인해 이루었던 사람들은 어디론가 떠나버리고
썰렁한 장터마당 한산하기만 합니다.
지금도 닷새마다 열리는 장날은 변함없건만
지금은 텅 빈 장터마당 그때 나의 초등학교 시절
고향 장날이 그립습니다.

4교시가 끝나고 청소를 대강 마치면 5일마다 서는 장터에 엄마가 오지 않은 날은 천질 낭떠러지에서 떨어지는 기분이었다.

괴목 장날

고구마를 가득 담은
광주리를 머리에 이고
울 엄니는 아침 일찍
*괴목장에 팔러가셨다.
누이동생 데리고 놀면
큰 눈갈 사탕 사 오신댔지

사립문에 달아 놓은
방울소리 딸랑딸랑
울 엄니 오시는가 봐
뛰어나가 보았더니
솔바람이 왔다가 사립문만 살짝
흔들어 보고 그냥 가버리더라.

---

*괴목 : 고향 면소재지가 있는 마을 이름이다. 어렸을 때 5일 9일마다 닷새장이 열렸다.

꿈속에서라도

어머님 가신 곳은 얼마나 멀기에
아들과 엄마라도 만날 수 없을까요
언제쯤 만날 날 올 것인지 기약없네
수많은 날과 밤 어머니 그리워하지만
꿈속에서라도 만나 볼 수가 없습니다.

어머니 계신 곳은 너무 멀고도 멀다지만
견우와 직녀가 만나는 오작교까지라도
달려가서 만나보고 싶습니다.
날마다 밤 되면 꿈나라를 헤매면서
그리운 어머니를 찾고 있습니다.

엄마 품속 파고들어 어릿광대도 부려보고
보고 싶었노라고 미주알고주알 하고 싶네
딸자식이 속상하게 했다고 일러바치면서
자식 이기는 부모 없다고 하신 말씀을
이제야 깨달았다고 말하고 싶습니다.

지인들과 얘기하다 돌아가신 어머니가 꿈속에 나타났다 하면 부럽다.

나의 노래

보름달 휘영청 하늘 높은 곳에
계수나무 숲속에서
사랑하는 사람과 살고 싶다
계수나무절구에다 찹쌀방아 찧고
계수나무 절구대로 나락 방아 찧으면서
사랑하는 마누라와 단둘이서 알콩달콩
둥글둥글 보름달 속에서 금슬 좋은
산토끼부부처럼 살고 싶다.

요즘처럼 만월색이 좋을 때는
옛날의 젊은 시절 자식도 낳기 전
그때로 돌아가고 싶어진다.
자식들도 사람들도 모두 떠나가서
저 높은 곳 계수나무 숲속에다
원두막 같은 오두막집을 짓고
마누라하고 둘이서만 천년만년 지고 새고
오래오래 살고 싶다

눈 오던 날의 이 사냥

지붕 위에나 마당과 장독대에
소리 없이 하얀 눈이 쌓여만 갈 때
우리 삼남매의 '이' 사냥하는 날
빨간 줄 그어진 내복은 엄마 손에 벗겨지고
'이' 잡이에 여념이 없으시다

문풍지 팔랑이는 문틈으로
황소바람 들어올 때
벌거숭이가 된 우리 삼남매는
이불 속으로 깊이깊이 파고들면 곧
워–메 쥐새끼만 한 놈이네
엄마의 비명소리가 들려온다.

보리밥테기만큼 큰 놈이 여기 또 있네.
이놈아 어디 한번 죽어봐라
엄마의 비명은 계속된다.
양쪽 엄지손톱 사이에 낀 보리밥알만 한
'이'란 놈은 기어이 압슬형을 당하고
엄마의 이마에까지 붉은 피가 툭툭 튀네.

내가 나고 자란 내고향 순천은 지금까지 살고 있는 진주와 위도상은 비슷한 줄 안다. 어릴 때 고향에는 눈이 자주 내렸지만 진주에는 겨울이 와도 눈 구경하기는 힘들다.

당신 모습

나를 위해 일생을 바친 어머니는
홀로 외롭게 먼 길 떠나신 지가
벌써 강과 산이 두 번이나 바뀌고
세 번째 바뀌어 가고 있습니다.

내가 나고 자란 고향산천이
몰라보게 변해가고 있지만
나를 바라보시며 미소 짓는 당신의
그 모습은 지금도 그대로입니다.

눈 감으면 점점 더 당신의 모습이
선명하게 그려지고 있습니다.
오늘도 꿈속에서 파고든 어머니 품속은
그때처럼 따뜻하기만 합니다.

시도 때도 없이 어머니 모습이 그립습니다. 오늘처럼 설 명절 때는 어머니가 더 보고 싶습니다.

당신의 사랑이 그립습니다

당신께서 먼 길 떠나시고 안 계시는 세상은
캄캄한 광야에서 사는 것과 같았습니다.
힘들고 어려울 때마다 당신이 애타도록
그리울 때가 많았습니다.
십 년이면 강산도 변한다 했지만
당신과 헤어진 지도 벌써 오랜 옛날입니다
깊은 강 높은 산이 두세 번씩이나 변했다지만
당신이 보고 싶음은 하나도 변함이 없습니다.
당신과 아버님 두 분 나누셨던 대화를
잠결에서 들었습니다.
세상에 자식 이기는 부모 없다는 말씀
이제는 뼈저리게 느낀답니다.
딸들과 손녀들을 거느리다가
고분고분 바른길 따라오지 않고
자꾸만 곁길로만 가려고 하니
꿈속에서라도 당신을 만나 하소연하고 싶습니다.
당신들은 벌써 그때 살기 좋은 세상이라고 하셨지요
세월은 흐르는 물과 같이 빠르다 하신 말씀을
당신들의 살아생전 나이가 되니 알겠습니다.
물려받은 숱 많던 검은 머리는 어디론가 떠나버리고
귀 섶에 하얀 머리와 눈 위아래 깊은
주름살 골이 여기저기 생기고 나니
당신의 사랑이 사무치게 그립습니다.

보고픈 사람

이젠 그만 잊을 때도 되었지만
시도 때도 없이 생각나고 그리운 사람
애타도록 보고 싶은 그 사람입니다.
쌍둥이 녀석들이 목을 감고 매달릴 때에
기쁠 때나 슬플 때도 문득문득
그 사람 얼굴을 보고 싶습니다.
홍시 먹을 때나 인절미 먹을 때도
친구들과 한 잔 술에 취해 노래방에 갔을 때도
불효자는 웁니다. 부르짖고 눈물 흘리며
보고픔에 그리움이 사무칩니다.
늙으면 아이 된다는 그 말이 내 맘에 와 닿고
세월 가고 나이를 먹을수록
그 사람이 더 보고 싶습니다.
따뜻한 당신 품속 깊이 파고들어서
엉엉 울어 보고 싶습니다.
너무 너무 보고 싶었노라고
말 하고 싶습니다.

늙으면 아이 된다는 말을 요즘은 확실하게 실감을 한다. 걸핏하면 우는 울보 할아버지가 되었다.

사모곡

장 하신 어머니 나의 어머니
이 세상 제일 위대하신 어머니
자나 깨나 일편단심 한가지로
이 못난 자식 위해 몸 바치셨네.

삼십 중반에 삼남매를 낳으시고
고생하신 어머니 나의 어머니
기저귀 젖을까 노심초사하시고
하루도 편안히 잠 못 주무셨네.

보고 싶은 어머니 나의 어머니
평생을 가난하게 사시면서도
맛있는 것 있으면 달려오셔서
나의 입에 몽땅 넣어주셨네.

그리운 어머니 나의 어머니
한두 달만 더 오래 사셨더라면
내 집 장만하는 것 보셨을 텐데
천국에 올라가 살고 계시네.

1982년에 아버지 돌아가시고 어머니는 1992년에 돌아가셨다. 셋집만 살다가 어머니 돌아가시고 조그만 아파트를 마련할 수 있었다.

어머니

조용히 찾아보고 그려보고 불러 봐도
멀리 가신 어머니는 대답이 없으시고
애타게 부르니 메아리로만 돌아오네.

아무리 불러보고 큰 소리로 불러 봐도
보고 싶은 어머니는 묵묵부답하시네
얼마나 멀리 가셨기에 듣지를 못 하실까

조금만 기다리다 어머니가 원하시던
살기 좋은 아파트에 살다가 가시지요
무엇이 바쁘시기에 그렇게 가셨나요.

언젠가는 편히 한번 모시려 했었는데
이 자식이 꿈꾸다 비몽사몽 불러보면
나에게 돌아오는 건 메아리뿐입니다.

비록 15평 아파트에서 딸 둘과 우리부부와 좁겠지만 어머니는 살기 편한 곳에서 살아보지 못하고 돌아가셨다. 두 달 후에 입주를 했었다.

어머님 그리운 밤

하현달이 아파트 베란다에 찾아와
어머님 그리다가 잠 깬 나를 위로하네
밤마다 초저녁잠 한숨 자고 나면
그리운 어머니 찾아 삼만리길 나서지만
애타도록 찾아 헤매지만 보이지 않는 어머니.

당신을 그리워하는 이 마음을
어머니는 아실까 모르실까
당신께선 하루도 잊지 않고 계실거야
어느 날 갑자기 영원한 세계로
소풍 가신 그리운 어머니

높은 산이 깊은 강이 가로막아
당신께서 오시는 길이 더디실까
머나먼 그곳에서 날 그리고 계실거야
하늘나라에서 나를 내려다보고 계시는
어머님 그리워라 보고 싶은 어머니

어머니의 그림자

날이 더운 여름날에도
살을 에는 겨울날에도
울 엄마와 친구 되어 주던
어머니와 함께 하던 그림자가
무엇 때문에 부루퉁해졌을까.
작년 추석에도 올 설에도
울 엄마는 혼자서 외롭게 누워계셨다.
울 엄마와 75년을 함께했던 그림자는
벌써 30년이 다 되어가도록
어머니 곁으로 돌아오지 않았다.

어머니 그림자는 나와도 영영 헤어지고 말았다. 울 어머니의 그림자는 어디에 계실까. 진주시 외곽에 있는 나동공원묘지에 어머니는 75세 때부터 26년째 그림자와 헤어져 홀로 누워계신다.

어머니 불러 봐도

내 자식 돌보면서 세상일이 바쁘다고
내 몸이 피곤해서 잠시 한눈팔았는데
부모님 모습은 보이지 않습니다.
잠시 동안 잊었는데 멀리 북망산 재를
오르시고 계신 분은 소리쳐 불러 봐도
멈추지 않고 뒤돌아보지 않으십니다.

북망산 재 넘어가신 부모님은 뒤돌아서
다시 오신다는 소리는 못 들었고
아무리 불러 봐도 소용이 없습니다
어머니 가신 후에 목메어 불러 봐도
버스 간 뒤에 손들기처럼 되고 마니
한 번 가면 영영 다시 만날 수 없습니다.

나 어렸을 적 부모님이 젊었을 때 그때처럼
천년만년 즐겁고 행복할 줄 알았는데
이 세상 떠나시니 후회해도 소용없네
살아계실 때 잘할 것을 아무리 불러 보고
또 불러 봐도 대답이 없으셔요
청개구리 같은 삶을 하고 있습니다.

앵두

빨간 앵두가 새색시 입술처럼 탐스러워
주렁주렁 톡톡 터질 듯이 아름답네
나 홀로 보기 아까워라
사랑하는 임 어머니랑 보고 싶어
그리운 임 오셨으면 어서 좋겠네.

시집 간 누님 입술처럼 빨간 앵두 한 알
임의 입술 안에 넣어주고 싶어라
그리운 임 보고 싶은 어머니여
오늘은 오시려나 내일쯤 오시려나
사랑하는 임께선 언제쯤 오시려나.

오늘만 참고 기다려다오. 해보지만
화무십일홍이란 말 따르려는 듯
잘 익은 앵두가 땅에 떨어지고 있네
고운 앵두 한 알 두 알 아까워라
천국 가신 임 내일은 오시겠지.

고향에 있는 형제봉(성지봉이라고 많이 불렸다) 중턱에서 어머니가 어린 앵두나무를 발견하고 양지바른 담장 아래 장독대 한편에 심으셨다. 주인도 없는 폐가에서 해마다 주렁주렁 열리는 빨갛게 잘 익은 앵두가 그립다. 어머니도 그립다.

어머니의 앵두

빼꾸기 뱃속이 어둡다며 광야로 기어 나왔다
앵두의 꿈을 이루게 해달라고 기도하다가
어머니의 은혜를 입고 앵두소녀로 환생을 했다.
장독대 한편에 자리 잡은 동정녀 앵두소녀가
새봄의 전령사가 소식 전해 온 예쁜 꽃 편지를 읽고 있다
꿀벌 신랑 맞지 않고도 엄마가 되었단다.
동정녀 앵두소녀에게 자녀들을 주렁주렁
갖게 해주리라는 약속을 했다고 한다.
빨간 립스틱 짙게 바르고 손대면 툭하고
터질 것 같은 자식들을 주렁주렁 가진 앵두소녀가
장독대 옆 양지쪽에 시집 보내준
마실 간 어머니를 기다리고 있다.
손대면 툭 하고 터질 것 같아 맘이 급한데
먼 길을 가셨을까 어머니는 아직까지 돌아오지 않고
올해에도 동정녀 앵두소녀는 어머니를
애타게 기다린다.

씨에서 발아한 지 얼마 되지 않은 앵두나무를 장독대 옆에 심었더니 무럭무럭 자랐다. 꿀벌도 오지 않은데 수정을 어떻게 했는지 해마다 주렁주렁 연다. 어쩌다 시장 앞을 지날 때에 할머니들이 손대면 툭하고 터질 것만 같은 잘 익은 앵두를 대접에 담아 팔고 계신다. 나도 몰래 울컥해지곤 했다.

어머니의 장독대

따뜻한 햇볕 쬐는 양지쪽 담장 아래
간장독과 된장독과 큰독은 윗줄로
단지는 아랫줄에다 줄지어 놓으셨다.

할머니의 할머니에게 물려받은 항아리들을
새벽마다 반짝반짝 빛이 나게 닦으시고
남보다 먼저 옹달샘 첫물을 길어 올리셨다

정화수 올려놓고 두 손 모아 기도했다
자손 위해 신령님께 빌고 빌던 할머니는
신성한 기도처였던 장독대를 지키셨다.

장독대 기도처는 주인이 바뀌었다
어느 날 할머니께 어머니가 이어받은 후
방안에서 무릎 꿇고 하나님께만 비셨다.

부뚜막 가마솥 위에도 정화수 받침대를 만들고 정화수를 떠 빌던 어머니는 예수를 믿고부터는 하나님께 비셨다.

어머니의 참깨밭

하루종일 내리쬐는 뜨거운 햇볕에
달궈진 모래 자갈돌이 뜨거운데
뗏장처럼 엉켜 있는 쇠비름 바래기와
잡초 부대들은 강하게 반항했다.
어머니의 호미 끝에 부딪히는
자잘한 모래 돌멩이들에서는 탁탁
부싯돌 불내는 소리가 나고 있다.
바래기와 쇠비름 속에 끼어서
살려달라고 애원하며 야윈 손 내미는
어린 참깨들을 구조하느라 애를 쓰고
어머니의 이마에서는 굵은 소낙비가 내린다.
발산강변 참깨밭에 모래자갈 작은 알맹이들은
점점 더 뜨거워지고 있다.
문이 두 개 달린 냉장고 냉동실 안에 시원하게
얼린 물 한 잔 내다주었으면 좋았을 것을
불효자가 늦게야 깨닫는다.

고향마을 앞 강가에 모래 자갈밭을 아버지께서 밭으로 일구었다. 참깨나 고구마를 심고 나면 곧바로 김매기를 해주어야 하지만 천수답 모심기에 잡초제거 시기를 놓쳐버리면 바래기나 쇠비름만 무성하고 참깨는 자라지 못했다. 보온병에 식지 않은 물을 마시다 보니 어머니의 참깨밭 생각이 났다.

어머니와 홍시

시장에서 파는 홍시보다 어머니의
홍시가 더 달고 맛이 있습니다.
적삼 오지랖에 숨기시고 발 헛디뎌 깨질세라
노심초사 달려와 꺼내 주시는 홍시가
더 달고 맛이 있습니다.
내 어렸을 때는 어머니가 한 번도
홍시를 잡수시는 걸 본 적이 없습니다.
당신께선 못 잡수시는 홍시이지만
내가 제일 좋아하는 홍시랍니다
밭에 김매러 갔을 때도 하루 종일 일하느라
배고플 텐데 밭 어귀에 감나무에 홍시를 따면
깨질세라 고이고이 적삼 깃 속에 감추고
달려와서 내 입속에 넣어줍니다.
내가 좋아하는 음식이나 고깃국도 과자나 과일들을
어머니는 먹기 싫다 하십니다.
그때는 어머니 못 잡수는 것 참 많았고
항상 홍시는 싫다고 하셨습니다.

구랑골 안에 밭에 김매러 가면 돌감 홍시를 손에 살며시 쥐고 적삼 깃 속에 감추시고 오셨다.

오월

오월!
하늘도 푸르고 산도 푸르러
어버이날 맞고 나니
괜스레 서러움이 몰려오며
어머니가 사무치게 보고 싶다.

지난밤 꿈속에서 고향 집에 달려가니
개울가에서 들려오는 개구리 울음소리
뒷동산에 울어대는 두견새 우는소리
예나 지금 그대론데

나고 자란 오두막집은 어디로 가고
엄마 엄마 불러 봐도 엄마는 대답도 없고
안방 문 열어보고 부엌을 들락날락하다 잠 깬다.
그리운 어머니 생각에 잠 못 이룬다.

고향집 떠나온 지 40년이 훨씬 지난 어버이날이다. 주인 바뀐 집터는 어딘가 분간하기 어려울 정도로 감나무 매실나무들이 어우러져 있었다.

우리 어머니

일생을 파고지다
젊어진 것 다 내려놓고
쭉정이가 된 우리 어머니
그래도 모자란 듯
칼바람 몰아치는 언덕에서
묵정밭 된 오두막집 내려보며
어머니가 나를 찾고 계실까
자식들 위해 더우랴 추우랴
애간장 녹아내리든
연둣빛 품은 품이
이리도 그립습니다.

아버지 돌아가시고 어머니를 진주로 모시고 왔지만 워낙 살기가 궁색한 처지라 맘뿐이지 잘 모셔드리지 못한 것이 한이 되고 후회로만 남는다.

출입금지 구역

아버지 어머니 두 분 가 계신 곳이
어디인지 알았네.
빙빙 돌아보고 또 돌아봐도
들어갈 문을 찾을 수 없어
아버지 만나러 왔습니다.
어머니 보고 싶어
소리쳐 불러보고 외쳐 봅니다.
아련하게 들려오는 어머니의 목소리가
한 번 들어오면 영영 나가지 못한다고
메아리로 돌아옵니다.
아버지 어머니 계신 곳을 알았지만
빨간 줄 팻말도 없는 출입금지 구역에
들어가기가 두렵습니다.

무너져 내리는 여리 성처럼 큰소리로 외쳐대면 부모님을 가두어 놓고 있는 장막이 우르르 무너져 내리면 어머니가 뛰쳐나올 것 같은 생각에 빠져들기도 한다. 불러보고 소리쳐 본들 바보 같은 짓일 것이라고, 사람들은 생각할 것이다.

할미꽃 당신 1

괴로우나 즐거우나 한평생을 자식사랑과 희생으로
진자리 마른자리 고르시고 가리시어 젖을 빨게 하고
따뜻한 옷 지어 입히시고 젖은 옷은 벗기시던
우리 어머니 같으신 분은 세상에 없는 당신

자식들 입으로 들어가는 밥숟가락을 바라보시면서
행복해하시던 우리 어머니는 오매불망 자식들 위해
한평생 가지신 것 모두 다 쏟으시고 먼 길 떠나신
어머니는 영원히 할미꽃이 되어버린 당신

동산 언덕배기 양지바른 자리에 한 송이 할미꽃
자식들 나고 자란 오두막집터만 쳐다보시면
자식들이 자라나는 일거수와 일투족이 보이실까
바라보기만 하고 계시는 할미꽃 당신

어머님의 사랑과 희생은 영원하셔라.
그 이름은 거룩한 할미꽃 당신

할미꽃 당신 2

오매불망 자식들 위해 일만 하시면서
허리 한번 쭉 크게 피지 못하셨다
평생을 자식 사랑 거룩한 희생이네
끝내는 허리가 굽으신 당신.

따뜻한 온돌방 아랫목에 허리 지지고
굽은 허리 펴시려는 생각도 없이
자식 위해서 기도하시다가 끝내는
이 세상을 떠나가신 할미꽃 당신.

저 세상 가셔서도 자식들 잊지 못하고
새봄이 오자 일찍 동산 찾아오셨네.
죽어서도 여전히 굽은 허리 펴지 못한 체
자식걱정 되어 찾아오신 할미꽃 당신

아직도 꽃샘추위 바람은 차기만 한데
오매불망 자식들 일거수일투족을 바라보려고
뫼동 아래 자리 잡고 등 굽고 허리 굽은
그 이름은 거룩한 할미꽃 당신.

가시 | 걱정만 하다 죽는 사람 1 | 걱정만 하다 죽는 사람 2 | 고진감래 | 나의 인생 | 낙엽 따라가는 인생 | 낮은 곳으로 임하고 싶거든 | 다가는 길 | 다람쥐처럼 살았으면 | 대나무 인생 | 밥상 | 복이 없는 사람 | 사람들은 걱정만 하다 죽는다 | 삶을 뒤돌아보니 | 삶이란 | 삶이 힘들어도 | 석송 | 서울에 살아야 | 손맛 1 | 손맛 2 | 술래잡기 | 십자가의 길 | 우리 가는 인생길 | 이것이 인생인가 | 인생 1 | 인생 2 | 인생열매 | 인생 열차 1 | 인생 열차 2 | 익은 인생 | 죄 주머니 | 치맛바람 | 탑 쌓기 | 하숙생 | 행복

05

인생

가시

저녁 밥상에 노릿노릿 구워진
조기 새끼 두 마리가 밥맛을 돋우었다
아내와 단둘이서 먹는 밥상이니
천천히 조심조심 먹는데도
가시가 기어이 목구멍에 걸렸다.

거친 김치도 먹어 보고 물도 마셔 보지만
내려가지 않겠다고 버티고만 있다
동네 병원에 갔더니 큰 병원에 가보란다
하늘이 노랗다. 벌벌 떨면서 큰 병원으로 달려갔다.

눈에도 보이지 않을 만큼 가느다란
실 가시가 나를 쬐려 본다
작은 고추가 맵지 하면서
핀 센트에 부축을 받고서 나를 노려본다.

영구와 땡칠이는 생선대가리와
가시들만 먹고 살아도 가시가 걸려
병원에 간 적이 없더라. 하면서
나를 비웃고 있었다.

눈으로 보기도 가늘어 자세히 봐야 할 정도의 실 가시였다. 평소 때는 김치나 거친 나물을 오물오물 삼키면 그만이었다.

걱정만 하다 죽는 사람 1

이 세상 지구촌에는 70억도 넘는
수많은 사람들이 모여 살지만
근심걱정 없는 이는 하나도 없네.

바람 부는 대로 눈비 오는 대로
흐르는 강에 물결치는 대로 살면 될걸
쓸데없는 걱정만 하다 사람은 죽는다.

농사꾼은 거두면 뿌릴 걱정
장사꾼은 팔고 나면 물건 살 걱정
직장인은 퇴근하고 나면 출근 걱정이네

하늘나라 그곳에는 이런저런 걱정
없이 산다는데….

걱정만 하다 죽는 사람 2

장사하는 사람들은
비가 너무 많이 온다고 걱정하고
농사짓는 사람들은
비가 너무 적게 온다고 걱정한다.

시골 사람들은
날씨 서늘타고 농사 흉년 걱정하고
도시 사람들은
날씨 더워 장사 안 된다고 걱정이다.

사람들 사는 모습은
태어나서 갓난아기 때 잠시뿐
어렸을 땐 클 걱정 크고 나면 죽을 걱정
평생을 걱정만 하다 죽는다.

고진감래

광명 천지에 펼쳐지는 내일을 위해서는
캄캄한 밤과 추운 밤을 지나야 합니다.
새싹이 돋아나고 꽃이 피며
아지랑이 너울너울 춤추는
새봄을 맞이하기 위해서는
살을 에는 추위를 이겨내야 됩니다.
우리네 인생사는 것이
고진감래(苦盡甘來)라
입에 쓰고 딱딱해서
힘들지만 오래오래 씹으면
달콤한 맛을 느낄 수가 있습니다.

덜 익은 풋감을 씹어 먹으면 처음에는 떫은맛 때문에 입안 가득하며 무겁다. 그러나 곧장 삼키지 않고 오래 씹으면 침샘의 당분 성분에 떫은맛은 가시고 달콤한 맛을 볼 수 있다.

나의 인생

온갖 풍상 다 이겨내고 꿋꿋이
인고(忍苦)의 세월을 살아온
기암괴석 위에 자리 잡은 소나무가
수십 수백 년 동안 삶이 빛을 발하듯

수많은 풍상(風霜)과 고난을 석송과도 같은
삶을 살아왔던 나의 인생은
길가에 민들레가 수많은 사람들에게
밟히고 밟히다 다시 일어나
노란 꽃을 피우듯 했잖은가

인동초와 같은 세월을 살아온
한 많은 인생이었기에 세상 사랑들로부터
색다른 삶을 살고 간 사람이었다고
파란만장한 삶을 살다간 인생이었다고
후세에 기억이나 될까

나는 누구보다 더 어렵게 세상을 살았다. 이 풍진 세상을 살았으니 남은 삶이 나의 소망이 이뤄질까.

낙엽 따라가는 인생

사람들이 부르는 봄여름 가을 겨울
사계절 내내 인생노래 부른다.
나뭇잎과 같은 인생이었다고
가을 단풍이 되기 위해 살았다. 고 한다

긴긴 겨울산고를 겪고 폭염을 겪고
고통스런 나날들을 악착같이 견디며
가을 절정을 이룬 단풍잎이 되기 위해
나뭇잎처럼 지난 세월 살아왔다.

나뭇잎의 절정기는 가을이라고
어떤 이들은 떠들어 댄다
단 며칠 단풍이 되기 위해 진액을 쏟고
마지막 잎 새로 떨어지고 있는
단풍 따라 인생도 결국은 가야 한다.

단풍이 되기 위해 나뭇잎들이 살아오는 것처럼 느껴지지만 실은 나뭇잎이 몰아치는 강추위를 견디다 못해 고통스럽게 나뭇잎의 본분을 잃게 된다고 보는 것이 옳다.

낮은 곳으로 임하고 싶거든

신앙인들이여 맘속엔 담쟁이처럼
저 높은 곳을 향해 기어오르기만 하면서
낮은 데로 임하게 하소서
기도하는 사람들아

그분의 말씀대로 살고 싶다 하는 이들아
진정 낮은 데로 임하고 싶거든
아래로만 흘러 내려가는 저 강물에
가까이 가 그 소리를 먼저 들으라.

정말로 낮은 데로 임하고 싶거든
침묵은 금이라며 아무 말도 하지 말고
묵묵히 아래서만 살아가는 지렁이나
굼벵이가 살아가는 모습을 보라

낮은 데로 임하는 법을 배우라.

예수께서 말씀하시길 높아지려는 자들은 스스로 낮아져야 높아질 수 있다고 말씀하셨다.

다 가는 길

누구나 다 가야 하는 길을 내 혼자만 갔던 것 마냥
지나온 길을 후회를 합니다.
어린 시절 학창시절 그때 그 시절로 돌아가고 싶어 합니다.
나에게 주어진 날들을 열심히 살았더라면
후회는 하지 않을 겁니다.
부모님 살아계실 때 효도를 다 하지 못한 것 같고
예수님 말씀처럼 내 이웃을 사랑하지도 못했습니다.
앞으로만 가야 한다고 일러주신 길을
자꾸만 뒤돌아본 것도 후회됩니다.
어차피 걸어온 길 뒤돌아보면 소용이 없는 길을
그러나 나도 몰래 뒤돌아봅니다.
얼마를 더 가야 하는지 알 수 없지만
누구나 인생길은 똑같이 다 가는 길
남은 길 다 간 후에 후회를 말고
이제라도 열심히 가야 합니다.

세상 사람들은 뇌물을 좋아한다. 그러나 하나님께서는 뇌물을 받으시고 생명을 연장시켜 준다거나 영혼을 좋은 곳으로 보내주는 차별을 않으신다. 천하를 호령하는 권세 가진 자나 수억을 가진 재벌에게도 죽음의 길은 피할 수 없다.

다람쥐처럼 살았으면

산천 풍류를 즐기다가
겨울잠을 즐기고 나온 다람쥐에게
네가 참 부럽구나. 라고 했더니
가진 것은 모두 다 버리고
맘까지도 버리고 비우라 하네.

있으면 있는 대로 없으면 없는 대로
곁들일 반찬이 없다지만
들랑날랑 물어다 놓은
도토리 몇 알 먹고 눕는다 하네

길게 한숨 자고 일어나면
천지가 꽃밭이요. 과실이 지천이라
광명천지가 펼쳐지니
온 세상은 무릉도원이라 하네.

겨울잠을 자는 동물들은 다른 것을 따로 준비하지 않는다. 그저 적당히 먹고 맘 편하게 한숨 자고 일어나면 봄이 된다.

대나무 인생

희로애락의 삶을 한방 가득 채우고
칸을 만들고 다시 또 돈과 재물과
명예를 꽉 채우고 뚜껑을 단단히
덮었다고 믿고 있었다.
나의 인생 가을을 위하여 아래로부터
대나무 방을 만들 듯 하늘을 향해
차곡차곡 쌓아 올린 곳간들을
쳐다보고 행복했었다.
겨우살이로 준비했던 대나무 방 같은
창고를 열어 봤더니 아무것도 없다.
누가 훔쳐 갔을까 방마다 빈방이라
허무한 인생이었다.
봄 되면 꽃을 피우고 푸른 새옷을 입고
가을에 울긋불긋 비단옷을 입은 나무들을
대나무는 탐내지도 부러워하지도 않았다.
사시사철 푸른 맘 하나로 대나무처럼
살았어야 했다.

대나무처럼 방안에 아무것도 들여놓지 않아도 살아갈 수 있어야 한다. 금고 안에 현금을 쌓고 금은보화를 채우고 외제가구와 고급전자제품, 고급 장식품을 들이고 살아야 잘 산다고 할 수는 없다.

밥상

아내가 차려주는 밥상에는
어젯밤에 올라왔던 반찬들이
한 상 가득 올라온다.
고추장 된장국은 보이지 않고
며칠째 올라오는 시금치나물은
아침밥상에 또 올라온다.
아내가 일 나가고 집에 없는 날
작은 아이가 차려주는 점심 밥상엔
계란부침 고추장 된장국 차려주는데
아내는 밥상에 마주보고 먹고 마시며
같이 한 지가 30년이 지나고 40년 되어 가는데
어이해서 내 입맛을 안 맞춰 주는 걸까
아니면 못 맞추는 걸까.
된장고추장은 먼데 출장을 가버렸는가 보다
아침에 올라왔던 그 반찬이 그대로
저녁 밥상에 또 올라온다.

복이 없는 사람

복이 있는 사람 근심은
바람이 와서 씻어주고
잡생각은 구름이 와서
걷어 가버린다고 하네.

복이 있는 사람은
아무렇게나 키운 딸자식이
달콤한 홍시를 사다주고
비행기까지 태워준다는데

복이 없는 사람은 나고 키워서
말(馬)처럼 큰 자식을 쳐다보며
아침에도 낮에도 한숨이며
저녁에도 한숨만 몰아쉬고 있네.

아버지께서 하시는 말씀이 생각난다. 복이 없는 사람은 술 끊어 논을 샀더니 홍수에 떠내려가고 담배 끊어 송아지를 샀더니 호랑이가 물고 가더라고 하셨다.

사람들은 걱정만 하다 죽는다

사람들 사는 모습은
배불러 죽겠다 하다가 금방
배고파 죽겠다고 한다.
추워도 걱정 더워도 걱정
평생을 걱정만 하다 죽는다.
가지에 잎이 많이 달린 나무는
바람 잘 날 없다고 한다.
두 아들이 장사꾼인 어머니는
맘 편한 날이 하루도 없다.
비가 오면 삿갓장사 나간
큰아들 걱정이고
비 갠 날은 우산장사인
작은아들 걱정이니
사람들은 이래도 걱정
저래도 걱정이네

삶을 뒤돌아보니

지금까지 나의 삶을 뒤돌아보니
이기적인 삶을 하고 살았네.
베풀고 양보하는 생활을 하지 못하고
나를 앞세우고 달리기만 했네.
신께서 주신 길 다 온 것 같았는데
내가 하고자 했던 일과 꿈과 목표
어느 것 하나 이루지 못하고 있네.
자신을 가꾸고 돌보지 않고
노랑이 구두쇠로 아등바등 살면서
나를 학대하며 인색했었네.
이웃을 네 몸처럼 사랑하신 말씀을
흉내라도 내며 살 것을
때늦은 후회를 하면서 사네.

황금을 보기를 돌같이 하라는 최영 장군의 말이다. 나는 평생을 자신에게는 투자하지 않고 살았다. 돈은 돌고 도는 것이라 팍팍 써 줘야만 된다는 말이 있다.

삶이란

삶이란
밥 먹고 잠자고
아침에 일어나면 뒷간 가고
또 밥 먹고 나면
하기 싫은 일 하러 간다.
마구간에 황소가
주인에게 억지로 끌려 일터로 나가듯
평생을 돌리기 싫은 쳇바퀴만 돌려대다가
죽어야 하는 것이
인생이며 삶인가 보다.

사람은 평생을 같은 일만 되풀이 하다가 생을 마감한다. 정도의 차이는 있을지언정 많이 가진 자나 적게 가진 자가 하루 세끼 먹고 사는 것도 밤이 되면 잠자고 날 밝으면 일어나는 일 또한 똑같이 되풀이한다.

삶이 힘들어도

비탈진 오르막 오르기가 숨이 차다고
내리쬐는 태양열에 목마르다고
세상살이 힘들다며 비관하다가
한 줌의 흙도 없는 바위틈새를 뚫고
살아가는 돌나물을 봅니다.
수많은 사람들에게 밟히고 차이면서도
이른 봄에 제일 먼저 노란 꽃을 피우고
봄의 전령사가 되는 민들레를 봅니다.
내 삶이 힘들어도
바위틈에서 자라난 돌나물이 밥상 위에 오르고
보도블록 틈새에서 제일 먼저 꽃을 피우는
세상에 봄소식을 전하는 노란 민들레를 보며
내 삶이 힘들어도 그냥그냥 살아갑니다.

석송

온갖 풍상 다 겪은
큰 바위 위에 우뚝 선 늙은 소나무는
강철 같은 바위 맨바닥 위에서
물 한 방울 없는 목마름도 견디었다.

수십 수백 년을 양토 한 줌 없어도
비바람 큰 태풍 올 때마다
애지중지 길렀던 아들 손자 같은
큰 가지가 잘려나간 아픔도 겪으면서

해마다 엄동설한 모진 바람 고초와
수많은 인고의 세월 보낸 석송(石松)이기에
세상 사람들은 우러러보는 눈길이 예사롭지 않고
감동과 찬사가 멈출 줄을 모르리.

서울에 살아야

서울에서 한눈만 팔아도 코 베어 간다고
그 말은 거짓말이었다.
사람은 서울에 살아야 사람대접을 받고 산다는 걸
늦게야 깨닫는 바보다.
소나 말이 살기에는 제주도가 지상천국이지만
사람에게는 서울이 지상천국임을 일찍이 깨달았었다.
그래서 나도 서울에 올라갔었지만 돈 없는 놈은
텃세가 심해 얼마 살지 못하고 말았다.
그곳은 아무나 사나 복 받은 자가 사는 데라 했지만
못 들은 척하고 버텨야 했었다.
지하철 무료이며 수많은 공공시설이용도
공짜로 사용하며 사람 대접받고 사는 서울에서
찰거머리처럼 붙어살아야 했다.
전국에 뚫려있는 크고 작은 모든 길이
하늘 길 땅 위 길도 그래서 서울로 향하고 있는가 보다.
그곳은 아무나 가나 돈 있어야 가는 거지.

나는 진주시내버스를 타면서 내는 버스비가 많이 부담된다. 어쩌다 서울에 가면 하루종일 지하철을 타도 공짜로 탄다. 버스를 타고내리며 급출발 급정지에 넘어질 것 같은 두려움도 없이 깨끗한 전동차 안 환경이며 문화, 예술, 문학, 금융, 스포츠, 등등 사람 대접받고 사는 덩치 큰 서울사람들이 부럽기만 하다.

손맛 1

경마장을 가고 로또복권 좋아하며
슬롯머신 게임기에 빠져 살고
낚시터에 빠져 사는 사람들이 노리는 것은
짜릿한 손맛 보기 위해서라지만

날씨도 이렇게 차가운데
밤새도록 잠도 못 자고
붕어새끼 한 마리 손맛 보지 못 하고
낚시가방 메고 돌아오는 에구 답답한 사람
밤새 떨다 오는 모습이 안타깝구나.

하루 종일 막노동판 공사장에서
땀 흘려 맞은 신사임당을 품에 안고
짓고땡 화투판에 달려가니 한심하다
땡은 고사하고 집도 짓지 못하는
어리석은 바보 같은 사람아!

손맛 2

자식새끼에게 사탕 하나도
사다 줄 돈이 없다며 인색하더니
날마다 로또복권 사러 달려가는 사람아
타고난 복대로 살아갈 것이지
5등은 고사하고 날마다 꽝 꽝이다.

컴퓨터 슬롯머신 게임기와
하루 종일 붙잡고 씨름하지만
세븐7은 잡힐 듯 잡힐듯하지만 잡히지 않고
컴퓨터 기계와 싸워서 이기려 한다
헛 용을 쓰는 어리석은 사람이 많다

월척 장땡 슬롯머신 손맛 노리고
낚시터와 로또복권 화투판에 빠져버린
노름쟁이 경마꾼이 일확천금 손맛 노리듯이
어설픈 글쟁이가 베스트셀러 꿈꾸며
선비흉내 내는 나는 더 어리석고 한심하구나.

교회를 가도 문학인들의 모임에를 가도 어디를 가도 사람들이 모이는 곳에는 덩치 큰놈이 좌와 우를 정하고 짜릿한 손맛도 볼 수 있다. 돈이 없으면 끌어다가 윗목에 아무렇게나 던져놓은 숙맥자루다. 지금 세상은 돈만 있으면 못하는 것이 없다. 돈이 없으면 아무리 용을 써도 덩치를 키울 수 없다.

술래잡기

사람은 태어나자마자 세월과 술래잡기를 한다
어린아이 때나 젊었을 적엔 잘 잡히지 않지만
나이가 들기 시작하면 술래에게 잡히기 시작하고
가끔씩 어린아이나 젊은 사람들도 잡힐 때가 있다.
세월과 단짝인 사고와 전염병을 끌어들이기도 하고
지진과 홍수 전쟁을 동원하기도 하며
기구한 운명도 끌어들인다.
이들에게서 풀려나려고 애걸복걸 해보지만 소용이 없다.
술래에게 잡히면 어디론가 끌려가는지 아무도 알 수 없고
다시 풀려난 사람을 본 사람도 없다.
쫓아오는 세월을 피해 도망가기 위해 다이어트를 하고
보약을 먹기도 하지만 결국은 잡혀가고 만다.
백발을 검게 칠하고 주름살 제거를 하고 눈썹문신을 하고
아래로 처진 눈썹들을 위로 올려 그려보기도 한다.
머리에는 가발을 쓰기도 하고 선글라스를 끼고
술래를 피하기 위해 위장을 해보지만 소용이 없다.
더 멀리 오래 잡히지 않으려고 애를 쓰지만
사람들 모여 사는 도시를 떠나 광야나 산속에
자연인으로 숨어 살기도 하지만 금방 잡히고 만다.
사람들은 어렸을 땐 곶감을 무서워하고
나이가 들어가면서 술래를 무서워한다.
술래잡기는 오늘도 계속되고
머리카락 보일까봐 꼭꼭 숨는다.

십자가의 길

고난의 길 역경의 길이라지만
주님 십자가 지고 가신 그 길을
비척비척 걸어가신 십자가의 길을
묵묵히 따라 나는 걸어가리라

영원히 죽지 않는 십자가의 길
진리와 생명의 길이라 힘들어도
가시덩굴 엉겅퀴가 손발을 할퀴어도
오르막길에 목말라도 가야 하네

돌부리에 넘어져도 오뚝이처럼
다시 일어나 묵묵히 걸어가야겠네
십자가의 길 좁은 길 걸으라는
주님의 말씀 따라 나는 걸어가리.

주님 십자가 지고 가신 골고다 길을
목마르지 않는 생명 샘이 있는 곳에
영원히 죽지 않는 그곳을 향하여
십자가의 길 그 길을 나는 걸어가리.

주님은 병든 자와 가난한 자 죄인을 좋아하신다.

우리 가는 인생길

인간이면 가야 하는 인생길은
소나 강아지는 못 가는 길
나와 네가 걷는 길이라네
누구든지 싫어도 가야 할 길.

출발선에 일찍 섰던 사람들은
오래전 골인 지점 통과하여
지금쯤 편히 쉬는지 모르지만
나를 기다려주고 있을지 모르겠네.

쉬지 않고 달려가고 있는 인생길은
두 번 다시 올 수 없는 길이건만
어이해서 모두 다 한결같을까
용을 쓰고 달려만 가네.

한번 가면 돌아올 수 없는 길인데
어리석은 사람들아.
머나먼 인생길은 쉬엄쉬엄
걸어야 할 길이 아닌가.

이것이 인생인가

아침에 눈을 뜨며 오늘 하루를
새롭게 도전한다.
어제의 패배를 거울삼아서
오늘은 마침표를 찍으리라
해 질 녘이 되면 쓸쓸해진다.
원했던 만큼 2%가 모자라는 느낌이고
또다시 새로운 아침이다.
해 질 녘이면 역시나 어제와 같다
마침표는 찍지 못한 채
또다시 내일 아침을 기다린다.
새로운 각오로 뛰어 보지만 역시나
2%만큼 모자란 느낌이니
날마다 또다시 시작하다가 결국은
내일 아침을 맞지 못하고
영영 어두운 터널을 헤매야 하는 것은 아닌지
세월이 속이는 건지 인생에 속는 건지.

각 일간신문의 신춘문예에 응모했다가 지난해에도 역시 미끄럼을 탔다. 눈을 뜨면서 새롭게 시작했던 하루가 허무하게 지나가 버리고 아침이면 또다시 기대했다가 와르르 무너진다. 1년, 삼백육십오일 그저 똑같다. 조그마한 거라도 원했던 것이 이루어지면 행복할 때도 있다.

인생 1

인생은 쓰다 달다. 맵다.
슬프다. 기쁘다. 말도 많다.
갓난아기로 태어나서
엄마 젖 먹던 어린 시절은
천하가 내 것인 것처럼
달콤한 삶이었지
소년 되고 청년 되고 젊은 시절에는
나이 먹고 세월이 흘러가도
늙음이 무엇인지 죽음이 무엇인지
두려움을 못 느끼고 행복했었지
결혼하고 두 딸들 낳고 나니
산다는 것이 무엇인지
인생이 무엇인지 조금씩 아주 조금씩
감이 잡히기 시작했었지.

환갑 넘어 시작한 문학 활동이 점점 자리를 잡아간다. 명색이 시와 시조 한 수, 수필 한 수, 소설들이 매조지가 되어가는 것을 볼 때는 흐뭇하다. 다만 건강하게 오래 살아 내가 바라던 것을 이루었으면 좋겠다. 아동문학에도 도전해 보리라.

인생 2

자녀들이 장성해지니
곱기만 했던 얼굴에는
잔주름이 줄줄이 그어지고
두 딸들이 비행기 태워주는
꿈은 어디론가 사라지고 만다.

날마다 한 지붕 아래서
애간장 녹는 사이에
자고 나면 또 밤 찾아오고
날이 가고 달이 가고
눈 깜짝할 새 일 년 가네.

세월이 유수와 같다고. 하더니만
팔구월 소나기 때 뇌성 번개같다
태어난 난 날 추석설날 결혼기념일도
빠르게 왔다가 빠르게 지나가네
아, 인생은 이렇게 끝나는가 보다.

딸아이는 건넛방에, 나는 안방에서 도대체 무슨 시위를 하는 건지 모른다. 나는 글이라도 쓰는 일로 소일하고 있지만.

인생 열매

인생이 살아가는 것은
밭에서 자라는 무 배추와 농작물과 같다.
따뜻한 햇볕도 잘 받게 해주고
물도 주고 잡초도 뽑아주고
거름도 주고 농약도 치고
보살펴 주어야 잘 자란다.
사람이 사는 것도 이와 같다
가족끼리 소통하며
기쁘고 즐겁고 행복해야
좋은 열매를 맺을 수 있다는데
우리 인생도 좋은 열매 맺기 위해
근심 걱정 스트레스는 다 버리고
기쁘고 즐겁게 큰 소리로 하하하
웃으며 살면 인생 열매 실하게 맺을 테지.

우리나라도 서양에 잘 사는 나라처럼 비만 인구가 급속도로 늘어나고 있다. 이는 아름답고 크고 달고 맛있는 것만 먹어설까.

인생 열차 1

솔로몬의 잠언에서 사람의 삶을 빗대기를
연기와 같고 아침 안개와 같다고 했습니고
야고보서를 쓴 야고보사도도 이같이 표현했습니다.
해가 중천에 떠오르면 아침 안개가 사라지듯
생명을 가진 존재는 사라집니다.
우리가 타고 가는 인생 열차의 속도는
삼사십대 때는 삼사십 킬로미터로
별로 속도를 못 느낄 것입니다.
오륙십대 때는 오륙십 킬로미터로 점점 빨라집니다
칠팔십대 때는 칠팔십 킬로미터로 인생 열차는 그야말로
쏜살같이 달려갑니다.
쉬지 않고 달려가는 인생 열차는 사람이
임의로 조종하지 못하는 것
오직 한 분 유일하신 창조주 한 분밖에는 없습니다.
이삼백 킬로미터를 달리는 KTX도 하늘에 인공위성도
사람이 마음대로 조종하지만
우리의 인생 열차 달리는 속도를
조종할 분은 창조주 여호와 하나님밖에는 아무도 없습니다.

인생 열차 2

나를 태우고 달리는 삼등 인생 열차가
어두운 터널을 다 빠져나가는 날은
나의 인생 여행이 끝나는 날
밝은 세상 광명종착역에서
나를 마중하는 이 없어
쓸쓸할까 봐 걱정된다.
어둡고 공기가 탁하고 덥고 답답해
어두운 터널 빨리 지나갔으면 하고
바라는 사람들이 많다 하지만
아! 나는 어찌 할꼬
인생고락 어두운 길 다 와 가는데
내가 타고 있는 삼등 인생 열차가
길고 긴 터널 다 지나가고 있다.
광명천지 종착역에 반기는 사람이 없어도
어쩔 수 없이 내려야 할 인생열차를
나는 야 타고 달리고 있다.

익은 인생

인생은 나이가 들면 익는다.
자라난 환경에 따라
다소의 차이는 있지만
익고 나면 모두가 같다.
몸집이 크고 우람해도
재물 많아 많이 배워 지위가 높았어도
세월 묵어 인생이 익고 나면
높고 낮음을 판단할 수 없게 되고
모두가 같으니 도토리 키 재기다.
지난날을 주장한다 해도 웃음거리가 된다.
그래서 세월을 묵고 익어야 비로소
인생이라고 할 수 있다.

인기인이나 많이 가진 자나 학력이 높은 석박사라 할지라도 익은 인생이 되면 비로소 모두가 같아진다. 요즘 내가 만나는 사람들은 모두 과거 경력이 나와는 비교할 수 없는 화려한 사람들이지만 아무런 부담 없이 대화하고 즐기고 마실 수 있어 좋다.

죄 주머니

나도 세상에 올 때는
욕심이 무엇인지 죄가 무엇인지
아무것도 모르고 왔었는데
언젠가부터 내 안 깊은 곳에
욕심이란 놈이 자리 잡고 있다.

이놈이 자라서 죄가 되고
죄로 인해 죽는다는 성경 말씀에
이놈을 버리려고 애쓰는 동안에
죄가 담겨진 주머니가 어느새
내 몸속 여기저기 주렁주렁 열려 있네.

죄 주머니가 커지면 죽게 된다는데
이놈이 들어 있는 주머니를 떼어내기 위해
날마다 애쓰지만 쉽지 않네.
하나 떼면 두 개가 더 열리고
몸밖에 것 떼어내면 몸속에서 또 열리네.

치맛바람

봄바람 살랑살랑 짧은 치맛자락 팔랑팔랑
치맛바람 일으키고 지나는 길목마다
비몽사몽 해롱해롱 취한 젊은이들은
낮술 마신 모양이다.
그 안에는 여신이 살고 있다.
풍기는 냄새를 어떤 사람은 꿀처럼 달콤하다 하고
어떤 사람은 은은한 황홀한 향기가 난다고 한다.
그러나 여신들의 세계에서는 향기가 아니라
고리타분한 냄새만 날 뿐이라고 한다.
치마 속 안에 사는 그 신은 습한 곳을 좋아하는가 보다.
우기가 지나면 여신들의 치맛바람은 눈에 띄게 약해진다.

짧은 치마를 입고 다니는 사람들은 봄바람이 살랑이면 자유롭지 못할 것 같다. 어쩌다 TV를 볼 때도 짧은 치마를 입은 사람들이 치마폭을 손으로 끄집어내리며 불안해하는 모습도 보인다. 일요일 저녁에 골든 벨을 보면 아직 나이 어린 학생들이 담요를 챙겨 그곳을 가리고 앉아 불편해하는 걸 본다. 그러나 요즘 정치사회 모든 분야에 미치는 치맛바람이 대단하다.

탑 쌓기

해마다 공들여 쌓은 돌탑이
연말이 되면 와르르 무너진다.
물거품이 되는구나 속상해하다가
다시 또 탑 쌓기를 준비한다.

언제나 새해가 되면 지친 몸을 추스르고.
무너진 돌멩이들을 다시 모은다
피로를 잊으며 올해는 이루어지겠지
정성을 들이는데 공든 탑이 무너지랴
다시 또 연초에는 탑 쌓기에 들어간다.

내일이 없으면 불행하다고 했던 말에
금년농사 실패한 농부의 심정으로
해마다 다시 쌓고 있는 바보다
내일이 있는 사람은 행복하다 했으니
원하는 탑 쌓기에 성공할 날 있으리라.

탑 쌓기는 농사꾼이나 장사하는 사람들도 연관이 된다. 올해 실패한 농사는 내년에 잘 짓겠다고 생각하면 되고 오늘 손해 본 장사는 내일 다시 회복할 수 있다.

하숙생

인생은 나그네다 어디에서 왔다가
어느 곳으로 가는지도 아무도 모른다
그저 빈손으로 나그네처럼 왔다가
하룻밤 잠자고 나그네처럼 떠나가면서도
고대광실 꽃 대궐큰집을 짓느라 헛수고만 한다.

잠시 잠깐 몇 십년 길어야 백 년
하숙생처럼 머무르다 갈 나그네라
언제 바람처럼 떠나야 할 줄 모르는데
내일 새벽닭이 울면 떠나야 할
하숙생 같은 나그네가 아니던가.

밤새는 줄도 모르고 집만 짓는
어리석은 사람들아 피곤한 몸으로
나그넷길이 고통스럽지 않겠는가
행선지도 모르고 떠날 나그네가 아니던가
인생을 즐기고 푹 쉬다 먼 길 떠나게나.

인기연예인도 재벌도 어느 이름난 명의도 누구라도 죽지 않으려 애쓰지만
죽음 앞에서는 그 누구도 자유롭지 못하다.

행복

행복은
보물찾기와 같은 것
누구나 찾아 헤매지만
가까이에 있습니다.
행복은
귀하고 귀한 것이라서
찾지 않은 자에게는
나타나지 않습니다.
행복은
아래 깊은 곳에도
위에 높은 곳에도
저 멀리도 있지 않습니다.
행복은
아주 가까운 곳에
바로 내 맘속에
자리 잡고 있습니다.

아버지께 자주 듣던 말씀이다. 게으른 선비가 홍시를 먹고 싶어 삿갓 꼭대기에 구멍을 뚫고 드러누워 삿갓 구멍에 입을 대고 있어도 홍시는 삿갓 위로 떨어지지 않더라는 것이다. 홍시 맛을 보기 위해서는 직접 나무 위로 올라가야 한다.

갑돌이와 갑순이 | 그리움 | 그림자 | 나는 행복합니다 | 나의 십팔 번지 | 동무생각 | 동반자 | 마음이 같으면 친구이지 | 믿음 | 봄비 오는 날 | 소꿉놀이의 추억 | 소꿉동무 1 | 소꿉동무 2 | 소꿉친구 그립다 | 인연 2 | 인연 3 | 여보게 친구 | 자다 깬 밤 | 짝 잃은 기러기 | 지나와 버린 세월 | 진달래

06
친구

갑돌이와 갑순이

그때 내 맘속에 새겨놓았던
사랑 이야기책을 뒤적여 보니
스무 살 농사꾼 촌놈 때는
사랑방 윗목 구석에 처박아놓은
메줏덩이와 같았었지

순이가 홀치기 짜는 질긴 실로
스무 매듭 만들어 팔목에 채워주며
맘속에 소원 이루어진다고 했던 말이
나에게 사랑 표현한 것이었는데
숙맥자루처럼 아무 말도 못 했었네.

순字가 들어가는 친구에게 너를 좋아한다고
바보처럼 말 한마디 왜, 못했을까
너를 사랑한다 좋아한다 말 못 하고
입안에서만 순이 너를 좋아한다는 말이
날마다 뱅뱅 돌기만 했었다.

그때 마을에는 순字 심이 들어가는 동갑친구가 7~8명이나 되었지만 끝내 좋아한다. 사랑한다고 말 못 해주고 갑돌이와 갑순이가 되고 말았었다.

그리움

어렸을 적 께벗고 멱 감고 소꿉놀이하던 때
친구 없는 사람 있을까. 마는
옛 소꿉친구들이 그립다. 보고 싶다
아빠 되고 엄마가 되어 큰아들 작은아들
큰딸 작은딸 한 가족 이뤄 행복했던
소꿉동무들이 그립다

소꿉놀이하던 동무들을 찾아
막걸리 통과 된장과 풋고추를 방 가운데 차려놓고
객지생활에 힘들고 서러웠던 지난날들을
밤새도록 풀어내고 싶다
아내와 자식들에게 하지 못했던 얘기들을
밤새 나누며 회포를 풀고 싶다.

어렸을 적 께벗고 하루 종일 멱 감던
소꿉동무들을 찾고 싶다
고향 떠나오며 꿨던 금의환향 꿈은
사막의 오아시스 신기루처럼 잡힐 듯 보일 듯
강물따라 흘러가다 없어져버리는
물거품 돼 버리고 말았구나.

그림자

동지섣달 긴긴밤
추위에 얼은 발 동동 구르면서
나의 인생길 동반자가
아침이 되기를 기다리고 있다.

봄비 오는 날 가을비 오는 날도
밤새 기다리고 있다.
아침 해가 떠오르면 서산을 향해
성큼성큼 앞장서서 걸어간다.

60년을 같이 걸었던 나의 동반자가
오후만 되면 앞서기를 포기하고
뒤에서 터벅터벅 따라온다.
오늘도 오후가 되면 그대는 지치겠지.

햇볕 나는 날과 밤에 불빛이 있는 곳에는 어김없이 나와 함께 길 따라나서는 그림자다. 그림자처럼 내 곁을 지켜주는 아내가 고맙다.

나는 행복합니다

오늘도 나는 행복합니다
어린 시절 동무들과 알몸으로
거시기 내놓고 멱 감던 추억이 있어
나는 정말 행복합니다.
요즘도 가끔씩 카톡을 울려주는
학산, 성규, 삼태, 봉연, 형만
그리고 날마다 어깨동무를 하고 뛰놀던
아랫집 친구 철이가 있어 행복합니다.
다음에 만나는 날 소주잔을 부딪칠 꿈을 꾸며
행복에 젖습니다.
그러나 오래전 멀리 여행 떠난
양곤이와 섭이, 영곤이, 만이, 현이가
아직도 돌아오지 않고 있어 이런 동무들이
보고 싶고 그립습니다.

본문에 인용한 죽은 소꿉동무들은 20대 후반 30대 초에 죽은 친구들이다. 사회에서 맺은 친구들 또한 죽은 친구들이 많다.

나의 십팔 번지

해가 아직 서산에 걸려 있는 시간인데
카센터 하는 친구의 안부가 궁금해지네.
네가 올래. 내가 갈까 가위 바위 보
실랑이하다 중간 접선장소에서 부어라 마셔라
스트레스 날려 보내자고 늙은이들이 작당을 했다.
노래 연습장에 아무런 거리낌 없이 들어갔었지
둘이서 음정 박자 다 무시하고
가슴 아프게, 기러기아빠, 아파트
다음엔 나의 십팔 번지 불효자는 웁니다.
불러 봐도 울어 봐도 못 오실 어머니여
그리운 어머니여…….
밖에는 어느새 어둠이 깃들고
소한이라 하는 심술궂은 친구가
추위 몰고 왔지만
조금도 춥다고 느껴지지 않네.

노래도 자주 불러보고 가수가 노래하는 방송프로도 즐겨 봐야 유행가라도 아는 노래가 있을 테지만 이런 오락프로들을 아예 보지를 않고 살았다. 그래서 아는 노래가 없었지만 자막에 나오는 노랫말을 목청껏 따라 불렀다.

동무생각

초저녁잠을 자고 나니 잠이 오지 않아
눈 감고 있었더니 어렸을 적 모습들이
활동사진처럼 펼쳐지네.
양지바른 탱자나무 밑에
꼬막 껍데기에 밥과 국 담아 놓고
여보당신 신랑각시 사랑 나누네.
연당소(蓮塘沼)에서 멱 감고
가슴에 손수건 달고 초등학교에 가고
운동회 가을소풍 수학여행 숨 가쁘게
가다오다 소꿉놀이 재미있다.
개구쟁이들과 오랫동안 뛰놀았건만
창밖은 아직도 깜깜하기만 하네.

젊었을 때는 밤늦은 시간까지 친구들과 어울리고 자정 넘게 TV를 보기도 했지만 요즘은 9시면 잠이 쏟아진다.

동반자

그곳을 향해 가는 나그네 인생
정처 없는 길을 혼자서 걷기에는
머나먼 여정이다
걷다 피곤하면 기댈 수 있고
비탈길을 만나면 손을 내밀어주는
그런 사람이 있어 행복합니다.
누군가 말했습니다
빨리 가려면 혼자서 걷고
오래가야 할 길이라면 친구와 가고
이 세상 영원히 가야 할 길은 동반자와
함께 가라고 했습니다
당신은 나의 인생길 친구 영원한 나의 동반자.

마음이 같으면 친구이지

어느 선술 집 문을 열고 들어서면
마주보이는 벽에는
"벗도 형편이 서로 같을 때가
진정한 벗이 아니더냐?"
이런 시구가 내 맘에 와 닿습니다.

진달래 피는 뒷동산과 살구꽃이 피어 있는
동구 밖 길을 뛰어다닐 때 등하굣길에
나의 살던 고향은 꽃피는 산골
동요를 부르며 걸어오고 갈 때도
키가 서로 같아야 어깨동무가 편안합니다.

전국에 이름 성도 모르는
글쓰기와 시 읽기를 좋아하는 사람들과
교감을 나누고 친구를 맺고 싶습니다.
소주와 탁주를 좋아하고 해장국 안주로
이런 얘기 저런 얘기 나누고 습니다.

보리쌀 끓여 밥 지어먹고 발가벗은 몸으로
멱 감고 송사리 쫒으며 살았던 남녀노소 누구나
쌀밥과 된장고추장을 좋아하며
대한민국 국적을 가져야 하고 추억을
더듬을 수 있는 분은 누구나 좋습니다.

믿음

세상에서 제일 귀한 것은
진주나 보석보다도
믿음이라고 말 하고 싶어요.
나와 높은 하늘을 연결하는
믿음 고리를 믿지 못하면
불안합니다.
믿음이 없이는 아무것도
할 수 없습니다.
연인과 연인 사이도
사랑이 아무리 뜨겁다 해도
믿음이 없으면 온전한 사랑을
할 수 없습니다.
어렸을 적 같이 자란
소꿉친구일지라도
서로가 믿음의 우정을 지켜야 하고
인생길 같이 가는 동반자라도
서로가 믿지 못하면 사랑의 열매는
맺을 수 없습니다.

하나님을 믿는 믿음이 확실한 사람이 부럽다.

봄비 오는 날

아침부터 가늘게 내리는
봄비를 바라보다가 스르르
동심으로 빠져들어 가고 있다.
노란 저고리를 입은 아기 민들레처럼
설날에 입었던 새 옷을 입고
아장아장 걸어 보고 싶다.
찢어진 검정 우산을 받쳐 들고
가늘게 내리는 봄비를 맞으며
철이네 집으로 달려가고 싶다
어깨동무를 하고 노래를 부르며
동네 한 바퀴를 돌고 싶다.

어릴 때 추억이 없는 사람이 있을까 마는 아랫집 철이와는 하루도 거르지 않고 같이 놀았다. 그때는 동네 꼬마들이 모여 노는 곳에 가려면 왠지 낯설었다.

소꿉놀이의 추억

양지바른 언덕배기 찔레나무 밑에
하얗게 핀 찔레꽃 향기가 좋았다
큰 누나가 시집 갈 때 바르던
동동 구루 무처럼 진하게 풍기는 곳에
선이와 순이가 신혼살림 차렸다.

꼬막 껍데기로는 국그릇을 만들고
사금파리를 깨서는 밥그릇을 만들고
독새풀 뜯어 만든 나물 무침도 차려 있다
삐비를 뽑아 비빔국수를 맛있게 비비고
찔구새순을 꺾어다가 열무김치를 담가서
황토 흙으로 빨갛게 양념도 했다.

사립문 열고 일터에서 돌아오는
서방님 모습이 제법 의젓하다
여보, 수고하셨어요.
오늘 점심은 비빔국수 맛있게 비벼 놓고
냠냠 맛있다. 각시야 물 떠와
선이와 순이네 신혼집에 깨가 쏟아진다.

남편 선이가 바로 나였다.

소꼽동무 1

자라 바위 말 바위 아래서
자라들이 일광욕을 즐기고
송사리 떼 헤엄치는 연당소에
멱 감던 소꼽동무들아
노래하는 종달새들아
지금은 어디에서 살고 있나

하루에 열두 번도 더
눈감으면 생각난다
지금은 어느 곳에서 나처럼
엄마 되고 아빠 되고
할아버지 되어 살고 있을까

꽃피는 연당소야 노래하는 총각아~ 멱을 감고나면 기암괴석 위에 앉아 알몸을 말리며 노래했던 아름다운 전경의 연당소였다.

소꿉동무 2

강을 몇 개를 건너고 수많은
높은 산도 넘어야 하는 먼 하늘 아래
떨어져 살고 있다 하지만
께벗쟁이 소꿉친구가 아니던가.

어릴 때 알몸으로 멱 감고 같이 자란
어깨동무하며 온 동네 주름잡던
소꿉친구 자네들은 내 맘속에
깊은 데서 아직까지 떠나지 않네.

소꿉놀이 하고 놀던 동무들을
사람들은 말하기를 꼬치 친구라 한다지
어린 시절 어깨동무 개구쟁이 던
그때 그 시절은 죽은들 잊으리오.

나이 들어 늙어져도 께벗쟁이 친구들이
오랫동안 내 맘속 깊은 데서
자리 잡고 있어 지워지지 않고 있네
죽을 때까지 맘속에 간직하며 살리라.

소꿉친구 그립다

개구쟁이 손자 손녀를 양 무릎에 앉히고
그때를 생각하니 감회가 새롭다.
낯선 사람을 만나 세월 지나 나이 묵고
부부가 되고 아들딸 낳고 가족 이루고
아등바등 살았더니 덧없는 세월은 벌써
저만치 달려가 버리네.
어릴 적 뛰놀던 친구들이 그리워라
새끼 은어들이 태평양을 돌고 돌아오는 것처럼
나도 고향친구들도 금의환향 꿈은 어디로 가고
낮이나 밤이나 시도 때도 없이 소꿉놀이하던
친구들을 그리워할까.

어렸을 적 하루 종일 께벗고 멱 감던 동무들 찾아 엄마 되고 아빠 되어 아들 딸 했던 소꿉놀이 동무들 찾아 타향살이 동안에 보고 싶어 힘들었다고 말하고 싶다. 아내와 자식들에게도 하지 못했던 얘기들도 하고 싶구나.

인연 2

옷깃만 스쳐도 인연이라고
오래전부터 내려오는 얘기지만
상당히 권위 있는 분의 말씀이 아닐는지요
하나님 예수님 말씀은
아닌 것 같고요
석가모니 공자님 말씀이
아닐는지요.
어떤 분의 말씀인 줄 모른다 해도
옷깃만 스쳐도 인연이란다
우리 모두 이 말씀에 공감하고
마음속 깊은 곳에 심고 살았네.
우리 모두 서로서로
얼굴도 모르고 살아오다가
쌍둥이할아버지네 인연 되어서
한 울타리 하나 되었네.

필자가 운영하는 쌍둥이할아버지 카페에 회원으로 가입한 회원들에게 댓글로 공유했던 글입니다.

인연 3

멋진 그림 사진 아닐지라도
마음에 맞는 글이 아닐지라도
칭찬과 격려로 용기 북돋아주니
우리는 진정한 친구랍니다
마음 상할 때에 서로 위로함 받고
기쁨 나누니 두 배 됩니다.
쌍둥이 할아버지네 얘기판 만들어 놓고
서로 왔다 갔다 수다를 하니
기쁠 때나 슬플 때나 외로울 때도
한마음 한뜻으로 달려들 와서
진정한 맘으로 함께 나누니
우리들은 진정한 친구랍니다

쌍둥이 할아버지네 카페회원들에게 감사하는 글.

여보게 친구

산도 넘어야 하고 물도 건너야 하는 곳에
떨어져 살고 있다 하지만
하루에도 몇 번씩 예기 주고받고
읽고 쓰고 수다 속에 살고 있으니
자네는 나의 좋은 친구일세.
자네는 내 맘속 깊은 데서 떠나지 않고 있네.
우리가 마셨던 말술은 소화되고 없지만
자네가 한 말을 내 맘속에 품고 있네.
함께 사는 아내와 자식들에게
피를 나눈 형제에게 하지 못했던 말도
친구에게는 다 말할 수 있다 했지.
자식들과 마누라가 귀하다고 한다지만
자네는 나에게는 보배 같은 친구이며
자네와 난 친구야 친구 진정한 친구일세.

한 집에서 수십 년을 같이 살고 있는 자식하고는 대화도 없고 소통도 안 되고 있지만 친구 하고는 하루에도 몇 번씩 안부도 전하고 요즘 유행하는 카톡을 주고받으며 언제 만날까 만나면 술 한 잔씩 나누는 꿈을 갖고 맘이 설레고 있으니 나이가 들수록 친구가 좋다.

자다 깬 밤

긴긴 겨울밤 잠 한숨 자고 나서
이 생각 저 생각하다 보면
코흘리개 동무들이랑 뛰고 있습니다
뛰놀다 뒤돌아보면 어느새
어디로 갔는지 보이지 않습니다.

누런 콧물 두 줄이 입으로
흘러갈듯 말듯 위태롭고
까까머리에는 쇠똥이 새까맣습니다
검은 긴 눈썹이 생생한데 현이도 곤이도
어딜 갔는지 만날 수도 없습니다.

소 깔 한바지게 지고 사립문 들어오면
보리쌀 끓여 밥을 짓다가 뛰어나와
반겨 주던 다섯 살 터울 누이도
머리가 희끗희끗했던 부모님이랑
어디로 갔는지 보이지 않습니다.

그리운 부모형제 친구들이
시도 때도 없이 문득문득
눈앞에 그려지다가 사라져 버리는
그리운 사람들을 찾아 헤매다가
어느새 창문이 환해지고 있습니다.

짝 잃은 기러기

백년해로 약속했던 외기러기가
낙엽이 떨어지는 호수만 바라보고 있네.
어디만큼 먼 길 떠났기에
아직도 돌아오지 않고 있을까
해는 서산 향해 간 지 오래고
만추에 낙엽만 한 잎 두 잎 간간이
어디론가 정처 없이 떠나가고 있네
다람쥐 청설모도 잠든 이 밤
외롭고 쓸쓸해 하는 외기러기는
애먼 담배만 씹으며
고독도 함께 씹고 있구나.

강릉에 살고 있는 친구다. 그야말로 문학으로 이루어졌다. 서울에 명문대학교 커플인 아내와 헤어지고 20년을 홀로 살고 있다. 그의 블로그는 외로움을 주제로 한 시들이 많이 올라 있다. 집 근처에 있는 호수에 나와 소주를 마시며 행복했던 옛날을 그리워하는 친구다. 몇 년 전부터 블로그가 휴면상태고 전화기는 사정상 불통이라고만 되뇌고 있다.

지나와 버린 세월

주택가로 들어서는 골목 어귀에서
강 노인과 박 노인이 장기를 둔다.
병과 졸 앞세우고 양 진영이 짱짱하고
포(包)장 받아라. 고함치는 소리에
박 노인 얼굴에서 땀이 흐른다.
한 수 물리자는 통사정에
포 장군을 풀어준다.
두 노인들이 두는 장기 게임은
일수불퇴라고 한판 둘 때마다 말해 놓고
하루에도 수십 번씩 물려주기 하는데
허무하게 지나와 버린 나의 삶은
누구에게 물러 달라고 해야 할까. 나

요즘 나는 글쓰기에 바빠 장기나 바둑 두는 친구들과는 아예 어울리지를 못한다.

진달래

소꿉친구 순이 철이와 동네골목을

어깨동무를 하고 뛰놀았었지

구랑골 동산에 진달래가 흐드러지게 피면

곱게 핀 꽃 한 송이 순이 입에 넣어주었지

진달래 꽃다발을 만들어 얼굴에 문지르며

버라버라 분 발라주라고 주문을 외면

진달래꽃 가루가 노랗게 묻은 것을 보고

자지러지게 깔깔거렸던 순이가

지금은 어느 하늘 아래서 나처럼

꼬부랑 할머니 되어 있겠지.

내가 나고 자란 고향 뒷산에는 진달래가 너무 많았다. 진달래가 지고 나면 철쭉이 온 산을 덮고 있다. 마을에서는 개 꽃이라 불렀다. 봄이 되면 고자배기 땔감은 아예 보이지 않고 개꽃장다리(철쭉 뿌리)를 파서 지고 내려와 말린 후 땔감으로 사용했었다.

가는 그대 | 가버린 세월 | 가시 | 가을 무상 | 가을비 | 가을억새 황혼 인생 | 거울 | 그 너머에는 | 나는 가네 | 나는 바보인가 봐 | 나도 모르게 흐르는 눈물 | 나의 기도제목 | 나의 하루 | 나의 유언 시 | 남자의 눈물 | 내 나이가 어때서 | 내가 가야 할 곳 | 노년의 하루 | 독수리 사냥 | 또 한 해가 가고 | 먼 길 | 면도(面刀) | 모두 다 가라 | 바보처럼 살았으면 | 삶을 뒤돌아보니 | 설날은 불청객이다 | 수명 | 오늘이 내 인생의 황금기다 | 오뚝이 인생 | 우리가 가야 할 길 | 울컥 | 유통기한 | 이정표 없는 길 | 청춘을 돌려다오 | 해는 서산 향해 가는데 | 허무한 삶 | 허무한 인생 | 호칭 | 후회하며 사는 인생 1 | 후회하며 사는 인생 2 | 후회하며 사는 인생 3

07
황혼

가는 그대

해마다 따뜻한 봄이 오면
아름다운 꽃들과 아지랑이와
푸른 새싹들의 축하를 받으며
새봄친구들과 함께 왔다가

올해에도 당신은 먼 길을
영락없이 떠나가려는군요
어디로 가시는지 말없이
떠나는 당신은 야속합니다.

서산에 해가 질 때쯤이면
벌써 한기가 느껴집니다
가시려거든 혼자 조용히 가실 일이지
떠나기 싫어하는 철새와 꽃과 단풍까지
어이해서 데리고 가시려 합니까.

정녕 당신은 올해에도 기어이
한마디 말도 없이 떠나렵니까
동지섣달 눈 내리는 긴긴밤들을
외롭고 쓸쓸하게 보내게 하시렵니까.

가버린 세월

며칠 밤낮 잠자고 일어나고
잠깐 세상 살았던 것 같았는데
우리 집 쌍둥이손주 녀석들이
어느새 초등학교에 가고 있네.

기쁜 일 궂은일도 당하면서
하루 이틀 살다보니 어느덧
강과 산이 대여섯 번 변했으니
가버린 세월이 덧없어라.

어렸을 적 자라나던 때부터
지금까지 꿈꿨던 바람들이
흐르는 강물에 물거품 되고
어느덧 해는 서산을 향한다.

망망 사막에서 신기루처럼
맑은 물 샘솟는 오아시스는
손에 잡힐 듯하더니 멀어지네
살아온 세월이 허망하여라.

나의 삶을 뒤돌아보니 너무 허무하다. 바랐던 꿈들은 강물에 거품 되어버린 것들이 너무 많다.

가시

저녁 밥상에 노릿노릿 구워진
조기 새끼 두 마리가 밥맛을 돋우었다.
아내와 단둘이서 먹는 밥상이니
천천히 조심조심 먹는데도
가시란 놈이 기어이 목구멍에 걸렸다.
거친 김치도 먹어 보고 물도 마셔 보지만
내려가지 않겠다고 버티고만 있다.
동네 병원에 찾아가 구원을 요청했더니
큰 병원에 가보란다. 하늘이 노랗다.
벌벌 떨면서 큰 병원에 갔더니
눈에도 보이지 않을 만큼 가느다란 실가시놈이
작은 고추가 맵지 하면서
핀셋에 부축을 받고서 나를 노려본다.
영구와 땡칠이는 생선대가리와
가시들만 먹고 살아도 끄떡없단다.
가시가 걸려 병원에 간 적이 없더라. 면서
나를 비웃고 있었다.

가을 무상

가을이 깊어갈수록 왠지 쓸쓸해진다
지난여름 폭염에도 사나운 태풍에도
푸르기만 하던 아카시아 나뭇잎이
가을비에 한 잎 두 잎
속절없이 떨어져 내리는 모습이
나를 더 쓸쓸하게 한다.
잠시 내리던 가을비가 멈추고
동장군이 거느린 쌀쌀한 바람에
하염없이 떨어져 날아가는 나뭇잎들이
나를 붙잡아달라고 애원하는 것처럼 보이니
더 을씨년스럽기만 하다.
속수무책 떨어지는 낙엽이 나와 같은
삶을 보는 것처럼 예사롭지 않네.
아! 나의 다사다난했던 인생길
나도 황혼길로 들어서야 하는가 보다.

떨어지는 나뭇잎이 나처럼 비춰지며 쓸쓸해지는 것이 젊은 사람들과 차이점이다.

가을비

가을에 오는 비는 왜 모두들 쓸쓸해할까
백발노인이 황혼길 가야 하니
애꿎은 가을비가 원망스러운 것은
천 번 만 번 이해를 하건마는

청춘이 구만리 같은 젊은이들이
왜 가을비를 보며 쓸쓸해하는가!
늙은이들이 가는 황혼 길처럼 속절없이
궂은비에 떨어져 내리는 낙엽들 때문인가

젊은이들은 덩달아 쓸쓸해하지 말고
쌀쌀한 가을비 오거들랑
푸른 소나무 밑에 들어가
궂은비는 피하고 길 떠나도
앞길이 창창하지 않겠는가.

가을비 맞으면서 황혼길 걷는 쓰라림이
단풍으로 영예도 다 누리지 못하고
속절없이 떨어지는 나뭇잎과 같은 신세
지난 젊은 날은 물거품과 같은 꿈만 꾸다
비를 맞으며 오늘도 황혼길을 걷고 있네.

가을억새 황혼인생

할아버지 할머니들이 무슨 모임 있나 봐
머리에 하얀 손수건을 아니면 흰색 모자를 쓴 것일까
가까이 와서 보니 모두가 백발이네.
수천수만 군중들이 무슨 사연 있는 걸까
온몸을 떨어 대며 부르는 노래들이
애간장 녹이는 슬픈 노래만 합창하는구나.
아직도 아랫도리는 푸르기만 한데
머리만 모두 백발이네.
연수가 다 되어서 곧 어디론가
떠나야 할 운명처럼 보이는구나.
소슬바람에 가을 억새들이 서로 비벼대며
슬피 우는 울음소리 계속 이어지네.
가을억새 같은 황혼 인생도 덩달아
애간장 녹게 하는구나.

옛날에 산에 나무하러 가면 억새는 얼마 없었다. 그런데 세상이 변한 탓인가. 요즘 사람들은 억새는 알면서 툭구폭시는 모른다. 요즘 산에는 억새는 많은데 날마다 베어 날랐던 툭구폭시는 없다. 억새는 벨 때 잎에 손을 벨 정도로 억세지만 툭구폭시는 잎이 약간 가늘고 부드럽다.

거울

나는 겁쟁이인가 보다
아직 덜 자랐을까.
얼마 전까지만 해도
참 용감했었는데…….
요즘 들어 밖에 나가다 신발을 신으면서
깜짝깜짝 놀라는 날이 많다.
교회 가는 날과 그리고 친구 연락받고
나가는 날이나 좋은 날만 있으면
현관문 열고 나가기 전부터 기가 죽는다.
오늘도 교회 가는 날이다
거울 속에서 어떤 험상궂은 늙은이가
나를 쳐다보고 있었다.

현관 신발장 위에 걸려 있는 거울을 보면서 늙어버린 내 모습을 보면서 억장이 무너져 내리는 경험을 자주 한다.

그 너머에는

높은 하늘 끝에 아지랑이 아롱거리고
넓은 지평선이 서로 만나 춤추고 있는
그 너머에는 누가 살고 있을까,
푸르고 높은 하늘을 받치고 있는
저 산 너머에는 누가 살고 있을까,
높은 하늘과 바다가 입맞춤하는 곳
수평선 너머에는 누가 살고 있을까,
아지랑이 춤추는 그 너머에서는 소꿉친구들
순이와 철이가 살고 있을까,
높은 하늘 맞닿은 바다 끝 수평선 너머에
저 하늘 끝에 높은 산과 저 넓은 벌판이 맞닿은
그 너머에 지평선 쪽에 앞서가신 부모 형제
친구들이 살고 있을까.

부모님 벌써 이삼십 년 전에 세상 떠나시고 형제들 그리고 친구들이 한사람 두 사람씩 세상을 떠나고 있다. 내 고향 앞 냇물에서 멱 감던 동무들이 세상을 떠났다. 건넛마을 윗마을 아랫마을 그리고 초등학교 친구들이 세상을 떠났다. 자나 깨나 고향이 그립고 앞서간 부모님과 친구들이 보고 싶다. 말로만 듣던 진주라 천릿길 진주에서 제2의 고향 삼고 40여 년을 살면서 형제처럼 지내던 문희 아빠, 욱이 아빠, 경연이 아빠도 진주토박이들이 세상을 떠나갔다.

나는 가네

가네 가네. 나는 가네.
당신이 내민 손잡고 가니
황혼 길이 외롭지 않네.

가네. 가네. 나는 가네.
사랑하는 당신과 함께라면
먼 길도 두렵지 않겠네.

가네. 가네. 나는 가네.
당신과 함께라면 세상 어디라도
나는 갈 수 있겠네.

우리가 알콩달콩 살고 있는 것은 실은 어디론가 가고 있는 것이다. 다시는 오지 못할 길을 가고 있는 것이다. 그러나 이혼을 했다든지 사별을 했다든지 무슨 이유로 이별을 하고 홀로 사는 사람도 많다. 짧은 인생길을 동반자 없이 홀로 걷는다면 참으로 불행하다. 이 세상 만물의 창조자이신 하나님께 확실히 나를 맞아주실 것이다고 확신만 서면 좋겠는데…

나는 바보인가 봐

모두가 세월을 말할 때
강물처럼 흐른다고 말하면서
세월이 왜 흐르는지는 아는 사람이 없다.

세월도 강물도 한번 흘러가버리면
다시는 되돌아오지 않고
다른 강물과 세월이 내 앞을 흘러간다.

나도 이들을 따라가고 있다. 한번 가고나면
다시는 되돌아오지 못하는 것을 알면서
묵묵히 따라가고만 있다.

나는 바보인가 봐 아무것도 하릴없이
사돈이 장에 가는데 따라가는 것처럼
흘러가는 세월의 강을 따라가고 있다.

맞는 말이다. 한 번 지나가 버린 냇물과 시간과 세월은 다시는 되돌아오지 않는다. 무심코 흘러 내려보낸 수돗물 한 방울도 다시는 되돌아오지 않는다. 그래서 나는 물 한 방울도 아껴 쓰는가 보다.

나도 모르게 흐르는 눈물

강하기만 했던 나의 심령이 어느 날부터
걸핏하면 울음보 터지는 우리 집 쌍둥이들처럼
두 눈물샘들이 흘러넘치는 날들이 많아졌습니다.
옛날 어떤 분의 말씀일는지요
늙으면 아이 된다. 어린애 된다고 하는 말이 실감 납니다.
나의 앞길에 눈물은 없다고 내 나름 정해놓고
생활철칙 계명으로 삼고 살아왔는데…….
그래서 우리 자녀들 키울 때에도 못 울게 다그치곤 했었고
남자처럼 강하게 강철처럼 키우고 싶었었습니다.
지금까지 육십 년 넘게 살아온 동안에는
내 자신이 몰라보게 약해지고 변화됐네요.

덧없이 흘러버린 세월 때문인가요
움직이는 동작들 둔해지고 어느 날 환갑 지나 늙어지니
살아왔던 지난날들 회상할 때에는 눈물이 흐릅니다.
팔구십, 백 세 된 노인들을 볼 때나
엄마나 아빠 없는 어린이들 볼 때도
나도 모르게 눈물이 납니다.
TV 속에 인생 다큐멘터리와
인동초와 같은 삶의 동영상이나 카톡 스토리와
카페에 올린 글 보고도 나도 몰래 고장난
수도꼭지처럼 눈물샘에 눈물이 흘러넘칩니다.

나의 기도제목

목사님의 설교를 듣고 찬송을 하면서
내가 읽었던 두꺼운 책 속에서 알았었네.
항상 남을 나보다 낫게 여기란 말을
남의 얘기 들어 주고 미소 보내주라고.

겸손이 항상 나의 기도 제목이었네
나의 입술 열지 않고 굳게 닫게 해 달라고
기도하고 돌아서면 어느새 내 목소리 제일 크네.
다른 사람 불편 주고 상처받게 했습니다.

사람들과 얘기할 때 가만히 있어야지
상대 얘기 답답하고 귀에 거슬려도
오래 참고 들어주고 고개 끄덕여 주어야지
내 말은 짧은 말 한마디로 족합니다.

듣고만 있으련다. 소곤소곤 속삭이듯 말하련다. 소리가 커진다. 나의 말버릇은 고치기 참으로 어렵다. 이유는 말주변이 없어서다. 타고난 성대가 남들처럼 기능이 좋지 않아선가 보다. 말솜씨 좋은 친구들이 부러워한 적이 많았다.

나의 하루

하고자 했던 일은 산더미 같은데
아무 일도 해 놓은 것이 없는데
아침에 동산에서 떠오른 해가
벌써 서산을 향해 가고 있다.

나의 인생은 황혼길 접어들었는데
이 일도 하랴 저 일도 하랴
이 길을 갈까 저 길을 갈까
내 마음 갈피를 잡을 수 없다.

나의 인생길 종점이 점점 다가오는데
하고자 했던 일은 매조지 된 일 하나 없다
나의 하루는 몸은 지쳐 있어 맘뿐이고
하루 종일 갈팡질팡하고만 있다.

다른 사람들도 내처럼 시간이 잘 가고 세월이 빠르다고 느껴질까 엉뚱한 생각을 하고 있을 때가 많다.

나의 유언 시

나 이 세상에 올 때에는
부모님을 통해서 빈 손 빈 몸으로
실오라기 한 가닥 걸치지 않고 왔었기에
인생살이 다하고 떠나는 날
아무것도 갖지 않고 떠나가려 생각하오.

의관(衣冠)을 갖추고 신발도 그리고
여벌의 옷도 필요 없을 것 같소
세상 사람들이 말하는 것들은 나는 원치 않소
다른 사람들은 세상 떠나면서 옻칠한 관에
값비싼 수의로 갈아입는다 하지만은

주님의 사람들은 노잣돈도 나는 필요 없소
이 땅에 처음 왔던 대로 떠날 때도
알몸으로 가려고 생각도 했었지만
요즘 사람들은 남이 입던 옷은 버린다 하니
쓰레기는 조금이라도 줄여야 하겠소.

천금만금 수천 수억 재물 모아 봤자
한 푼도 갖고 가지 못할 재물을
남들만큼 모으지 못해서
부귀영화(富貴榮華)도 누린 것 없으니
나는 맘 편안하게 떠날 것 같소.

남자의 눈물

남자는 눈물을 흘리지 말고
이 나라가 망하는 날과 부모님 돌아가실 때
한 번만 울고 절대로 눈물을 흘리지 마라.
나 어렸을 적 이 말 지키려고
싸움할 때 쌍코피가 터졌을 때도 울지 않고 싸웠는데
언젠가부터 울보가 되고 말았네.
누님처럼 허리 굽어 이마가 땅에 닿는 독거노인이나
어렵게 삶을 지탱하는 모습 지켜볼 때도
부모님 섬기는 도리를 다하는 사람들 볼 때는
나의 두 눈물샘은 계속 넘쳐난다
심성이 여린 사람은 눈물이 많다 하지만
한 많은 인생살이 품은 꿈들이 무산되고
몸도 맘도 늙어 설까
시인은 눈물이 많은 것이란 말에 위로받아 보려 하네.

KBS에 서울 은평구에 대장장이만 평생을 하던 형님(61)이 동생(58)이 여러 번 사업실패에 곤경에 빠질 때마다 옆에서 힘이 되어 주었던 얘기를 들었다. 이 모습을 보다가 흐르는 눈물 주체할 수 없었다. 나는 6남매 중에 이제는 모두 고인이 되고 큰 누님과 나 둘만 뿐이다. 왜일까 형제들에게는 일전 한 푼 도움 받아 본 일이 없어 서러워했을까. 수십 년 전에 응어리 때문에 깊은 정을 주지 못한 누님에게 전화 한 통 해야겠다.

내 나이가 어때서

내가 젊었을 때 무심히 흘러버린 세월
강산이 몇 번씩이나 변해버리고
울창하던 꿈나무 숲이 소풍 길 떠났나 민둥산이네.
매정하게 몰아쳐 내리던 잔설(殘雪)들이
미끄러져 내려와 귀 섶 위로 하얗게 쌓이는구나.
어느덧 세월은 흘러 환갑고개 넘고 보니
칠순 이란 산이 높이 가로막고 있구나.
몸과 맘이 약해짐을 슬퍼함을 몇 번인고
요즘 세상 호의호식하며 삶의 질이 좋아지니
여기저기서 외친다. 구구 팔팔 이삼 사라고
지금은 백수(白叟) 세상 되었다고 한다.
아직도 해는 중천에 떠 있으니
못 다한 일 못 이룬 꿈 다시 시작하리라.
오르고 또 오르면 태산이 높지 않네
천리 길도 멀지 않네 첫 걸음이 반이란다.
인생은 60부터라네 새 힘이 솟는다.
내 나이가 어때서 유행가 소리가 귓전에 크네.

돈이 뭐길래. 내 자신을 위해 쓰는 데는 한없이 인색하니 내 몸을 학대를 하고 있다. 허리협착증, 비염, 노쇠해진 전립선, 임플란트에는 쓰지 못하면서 한 푼이라도 모아지면 책 내는 연구만 하고 있다.

내가 가야 할 곳

사람들이 백수(白壽)세상이 되었다고
인생은 60부터라고 말하기에
꿈을 다시 설정했었지만
내 몸이 노쇠해진 것 같아 자신이 없다.

고희가 가깝게 눈앞에 와 있으니
세월이 나에게 자꾸만 눈총을 주네
살만큼 살았다고 귀띔을 한다.
여기를 떠날 준비를 하라 하네.

비행기를 타야 할까
KTX를 타야 하는지 알 수 없네.
내가 왔던 곳을 모르니
어디로 가야 할지 어떻게 가야 하는지

내가 갈 곳이 어디인지 천국일까 지옥일까
왔던 곳으로 되돌아가야 한다는데
기억을 더듬어도 알 수가 없어
에라. 모르겠다. 어정쩡하게 버티어 봐야겠다.

내가 가야 할 곳에서 주님이 나를 맞기 위해 기다리고 계신다고 확실히 믿는 사람은 행복한 사람이다.

노년의 하루

사래 긴 밭을 갈다가
잠을 자지도 않았는데
해는 서산을 향해 간다.
이 일도 해야 하고 저 일도 해야 하고
눈코 뜰 새 없이 바쁘기만 하다.
바쁜 일손을 멈추고서
도망가는 해를 잡아 묶으려 하였더니
고삐 풀린 망아지마냥
도무지 묶이지 않고 있네.
우리 집 쌍둥이 녀석들처럼 설레발치는
서산 가까이 가는 해를 잡아 묶으려다 말고
이리 갔다. 저리 갔다.
다시 또 서산 넘어가는 해를
잡으러 쫒아가고 있다.

논일을 나가셨다 돌아오신 아버지께서는 소변하고 바지춤을 손볼 시간이 없도록 하루가 빨리 간다고 말씀하시곤 했다. 정말이지 노년의 하루는 금방이다.

독수리 사냥

벚꽃나무 그늘 속에서 왕매미 노래하는
우리 동네 아파트 상가 건물 안쪽에는
실버컴퓨터 교육장이 있다.
초등학교장 할아버지 건너편에는
은행지점장 박 할아버지가
공중에서 독수리가 생쥐를 낚아채듯
불룩 튀어나온 대문자를 정조준한다.
젊었을 적에 독수리 사냥법을
익혔더라면 좋았을 것을 하고
푸념 섞인 소리도 할 듯도 한데
모두가 독수리 사냥에 열심이다.
칠팔십 살 할아버지들 이마에는
어느새 굵은 땀방울이 구르고 있다.

지금까지 쓴 많은 글들이 내 컴퓨터 안에 저장되어 있다. 모두 독수리 사냥을 해놓은 것들이다. 자녀들은 지금이라도 자판 두드리는 연습을 하라 하지만 이미 굳어져 버린 손 기능과 뇌 기능이라 가당치 않다고 본다.

또 한 해가 가고

한해를 또 어디로 보내 버린 걸까.
덧없는 인생살이 삶이구나
또 한 해가 어느덧 가고 있으니
올해에도 가는 세월이 년(年)을
붙잡고 마냥 있을 수는 없네.

기왕에 가는 년을 깨끗이 보내주고
미련일랑 버리고 생각을 말아야지
내 나이 젊었을 때에는 오는 년(年)들마다
어찌나 더디던지 학수고대했었던 적도 있었지만
그때가 나의 전성기였나 보다.

세월이 년(年)들이 오자마자 가려는 건
늙은이 냄새난다는 말도 맞는가 보네
나이 들어 늙어지니 아랫도리 약해지고
사람구실 할 수 없어 떠나려는 세월 년을
야속타 할 뿐이자 차마 붙잡지는 못하겠네.

새로 오는 년(年)을 붙잡으려 하면 뿌리치고 달아난다. 새로운 각오로 단단히 붙잡으려 꼼꼼히 챙기는 것도 하루아침의 공염불에 불과하다. 영감 냄새가 난다며 날마다 몸을 씻으라고 아내가 잔소리를 한다. 정말이지 몸을 깨끗이 씻으면 세월이 더디 간다면 하루 몇 번씩이라도 목욕을 하겠다.

먼 길

이 세상에 빈 손 들고 왔다가
잠깐 살다 가는 것이 인생이라지만
한 번 떠나가신 부모님은
두 번 다시 오시지 않으시네.

그분들이 먼저 먼 길 가시는 걸
보고 나서야 깨달은 인생이네
이제는 우리가 먼 길 떠난다고
자식들에게 가르쳐 줘야지.

다시는 돌아올 수 없는 먼 길 가니
세상 떠난 후에 후회할까 봐
기다리고 그리워 말라고 전해주려 해도
자식들은 귀담아듣지를 않네.

나이 들고 늙어 지면 가야 하는 먼 길
영영 다시 오지 못한 길 간다고 해도
자식들은 모두 관심도 없고
깨닫지 못하는 자식들이 원망스럽네.

예수님이 나의 죄를 위해 십자가에 못 박히셨다는 걸 확실히 믿는다면 이런 걱정을 할 필요가 있나.

면도(面刀)

나에게도 천하를 호령할 것 같은
힘이 넘쳐날 때가 있었지
소년 때는 얼씬도 못 하던 폭도들이
코 밑까지 점령했다.
내가 자라면서 어느 날인가 술맛을 알고
주당을 찾으면서 잠시 동안 헤롱헤롱 하는 사이
수효가 엄청나게 늘어났다.
검은 복면을 하고 수백 수천
폭도들이 진을 쳤다.
어느샌가 흰 복면을 한 폭도들도 합세다.
어지간한 맘으론 중과부적이다.
날 세운 칼날 휘두르니 수백 수천
폭도들이 나뒹군다.

검은 수염보다 흰 수염이 훨씬 많다. 면도하는 것이 여간 귀찮은 일이 아니다. 집에 있는 날은 상당히 자란 후에 면도한다.

모두 다 가라

말복이 지나가고 처서가 와도 덥다
가만히 앉아만 있어도 비지땀이 줄줄 흐르고
입추(立秋)란 놈이 가을과 대동하면 시원하단다
손꼽아 기다리던 입추(立秋)란 놈이 왔지만
덥기만 하다. 속았나 보다.

방한복 방한화 장갑을 끼도 손발이 시리다
소한 대한 지났지만 온몸이 꽁꽁 춥기만 하다
입춘(立春)이 년이 새봄을 갖고 오면
하염없이 기다리던 입춘새봄이 왔다
하지만 춥기만 하다. 또 속았나 보다.

나 젊었을 적엔 여름에는 겨울이 좋아 기다렸고
겨울에는 여름이 좋아 기다렸었네
이제는 나이 들어 늙어설까 하루하루 속고만 산다
더워도 힘들고 추워도 힘들기만 하니
여름도 가라. 겨울도 가라. 모두 다 가라.

이것이 현재의 나의 자화상이다. 젊었을 때는 언제든지 더운 여름보내기를 힘들어했다. 이제는 여름나기도 힘들지만 겨울나기는 참으로 고통스럽다.

바보처럼 살았으면

머릿속에 들어 있는 것
모두 다 꺼내어 흐르는 강물에
던져 버리고 텅 빈 바가지처럼
바보처럼 살 수 있다면 얼마나 좋을까.
갑을 관계 주인과 종 하인관계 없으니
대감 집 강아지처럼 꼬리 흔들지 않고
시집 장가들지 않고 살 수 있으니
자식들 때문에 속상할 일 없어서
바보들 세상이 좋을 것 같고
가죽 구두 비단옷 안 입어도 만남과 이별
사랑과 미움 때문에 마음 아픈 일도 없을 거야
미소만 머금고 사는 바보처럼 살았으면 좋겠다.

바보들은 치매도 없다고 한다. 하루하루가 마냥 즐거울 바보들이 부럽다. 차라리 치매에 걸린 사람들이 행복할지도 모른다. 자신이 늙어가는 것조차 모를 테니 말이다.

삶을 뒤돌아보니

지금까지 나의 삶을 뒤돌아보니
이기적인 삶을 하고 살았네
베풀고 양보하는 생활을 하지 못하고
나를 앞세우고 달리기만 했네.

신께서 주신 길 다 온 것 같은데
내가 하고자 했던 일과 꿈과 목표는
어느 것 하나 이루지 못했으면서
노랑이구두쇠로 아등바등 살기만 했네.

자신을 가꾸고 돌보지 않고
나를 학대하며 인색했었네
어느 정도는 투자를 했어야 했네
때늦은 후회를 하면서 살고 있다.

허구헌날 신세타령에다 恨만 풀어놨다. 사람들은 누구는 이런 삶을 해보지 않았느냐고 머리를 갸우뚱할 것이다. 그러나 나는 크나큰 한이 있는 사람이다. 바로 나의 핸디캡이기도하다. 독자들은 궁금할 것이다. 그렇지만 나의 핸디캡을 아직 밝히지 않으련다. 세월이 조금 더 흐른 후에 나의 자서전에서 밝히려 계획 중이다.

설날은 불청객이다

마냥 즐겁고 행복하기만 했던
설날이 내일 모레로 다가오는데
즐거움과 기쁨은 오지 않네.
어릴 때처럼 세배를 드릴 사람도 없어설까
설날 되면 새 옷과 운동화도
세뱃돈 주는 사람이 아무도 없으니
설날이 와도 기쁘지 않네.
까치 까치설날은 오늘이고요
이제는 설날 노래 불러 볼 수도 없구나.
맛있는 것 배부르게 먹고 즐기고
놀았던 그때가 이제는 안 보이네.
기쁨과 즐거움 행복 싣고 오지 않는
해마다 잊지 않고 찾아오는 불청객이다.
설날이 올 때마다 나이테만 늘어나고
이마에 깊은 골만 늘어나며
동산에 숲은 민둥산으로 변해 간다.

설날, 추석 그리고 성탄절 이런 날들이 이제는 귀찮은 불청객이다.

수명

이 동네 저 동네에
백수에 오른 사람이 늘어나고
100세 어르신들이 활력이 넘쳐 난다.
방송국 리포터가 인터뷰 요청 빗발치네
허황된 꿈꾸지 말고 시기 질투하지 말며
바쁘다고 뛰지 말며 느긋하게 걸어가고
허둥대지 않고 차분하게 살았다네.
재물이 있으면 있는 대로 없으면 없는 대로
추우면 추운 대로 더우면 더운 대로
비가 오면 어떠하고 눈이 오면 어떠하리.
맘 비우고 편하게 살았다하네
남이 받은 복을 배 아파하지 않고
남에게 손해 입히는 일 하지 않으면 누구든지
장수 누릴 것이라고 백수 넘게
건강 지키고 사시는 분들 말씀이네
만수산 드렁 칡이 얽히고 설친들 상관 않고 살았다네.

이런들 어떠하리 저런들 어떠하리라고 하여가를 읊었던 분은 그때 나이로는 장수를 했다고 봐야 한다. 75세까지 살았으니.

오늘이 내 인생의 황금기다

제아무리 아름다운 장미와 양귀비꽃이라 한들
한 철 내내 아름다움을 간직할 수 없다 하고
아무리 건장한 청년이며 권세 잡은 집안이라지만
명예도 권력도 젊음을 오래 간직할 수 없다 하니

장미와 같은 자들을 향해 노래하기를
화무십일홍이요 권불십년이라 하네
장미꽃 같은 내 인생의 부귀는 없었지만
오늘이 바로 내 인생의 황금기라고 생각하자.

맘 비우고 하루하루 부지런히 살아가며
매 순간마다 기억과 추억을 만들어서
머릿속에 녹음하고 사진을 찍어 두면
날이 가고 달이 가고 세월이 흐른 후에

먼 훗날 내 인생의 가을비 오는 날
꽃 같은 시절 젊었던 때 나를 추억하면
가을 겨울도 보내고 새봄도 맞이할 수 있지 않을까
오늘이 바로 내 인생의 황금기라고 생각하자.

내 인생에 내일은 없는 것처럼 살아야 한다. 오늘이 나에게 주어진 최고의 날이라는 맘으로 살아야 한다고 누군가에게 들었다.

오뚝이 인생

일곱 번 넘어져도
여덟 번 일어나는 것을 보고
오뚝이 인생이라고 하더이다.
많이 넘어져서 힘을 잃고
다시 못 일어난다면
큰 뜻 이룰 수 없음이오니
하면 된다는 신념 갖고 살아야겠네.
삼천갑자 동방삭이 삼천년을 살기 위해
천 번을 넘어져 굴렀으니
천릿길도 한걸음 디딜 때에
반환점을 돌아온 것이나
진배없다. 하더이다.

인생은 60부터란 말은 이미 오래전에 생겨 난 말이다. 무슨 일에 실패하면 나이 탓이나 하며 실망을 할 필요가 없다. 다시 시작하면 된다.

우리가 가야 할 길

세상길 가는 길은 많기도 하다.
빨리 달려야 하는 길도 있고
오래 달려야 하는 길도 있다.
하늘을 나는 길도 있고 땅속으로 가는 길도 있다
물 위를 가는 길도 있으며 물속 길도 있다.
고속도로도 있고 철로 만든 기찻길도
땀 흘리며 숨차게 가야 할 오르막길과
가시밭길 굽이굽이 고난의 길 많기도 하다.
사람들은 행복한 꿈을 안고 길을 자꾸만 만들고 있다.
돌아가는 둘레 길도 만들고 오솔길도 만들고
빨리 가는 지름길도 만든다.
이런 길 저런 길 많다고 하지만
가도 되고 안 가도 되는 길이 있다
세월이 만들어준 길은 누구나 가야 한다
인생길, 황혼길과 황천길은
모두가 가야 할 길이다.
그중에 황천길은 두려운 길
나이 들면 가야 하는 황혼길도 싫다
울면서 겨자를 먹으면서 꼭 가야하는
가기 싫은 길들이 많기도 하다.

울컥

보민이네 할아버지가 전화가 왔어
어제 그제 일요일 날 나이 지긋한
큰아들 장가를 들이고 나서
지척에 홀로 있는 나를 부르네.
좋은데이 돼지수육 조기매운탕
웬일일까 평소에 쓰디쓴 소주가
오늘따라 처음 잔은 달콤하기만 하네.
한참 뜸을 들이다 한잔 또 한잔
불혹이 넘은 큰아들이 장가를 가니
그동안 깊은 시름 놓아버려서인가
개도 피해간다는 여름 고뿔이 찾아왔다나
환갑 진갑 지난 나의 어깨를 짓누르고 있는
작은 아이 생각에 울컥하는 시름이 치솟아 오르네.
양이 있으면 음이 있고 짚신도 짝이 있다는데
강영감 큰아들 얘기를 하면서
한참 동안 소주잔을 입을 댈 수가 없었다.
맘속 깊은 데에 웅크리고 있던 울음보가
치밀어 올라오는 것을 삼키고 또 삼키면서
달콤한 소주만 연신 들이켰었다.

그 누가 봐도 우리 집은 근심 걱정이 없는 집안일 것이라고 여기는 사람들이 많다.

유통기한

사람들이 만들어 놓은 먹을거리들과
사물들은 유통기한이 있지만
하나님께서 사람들을 만드실 때에
유통기한을 정하지는 않으셨다.
나는 이목구비 오장육부 장기들을
오래 사용해서인가 보다
고치고 수리하고 약칠도 하지만 별다른 효과 없어
수도꼭지를 꼭꼭 잠그려 하지만 고무 밸브가 헐었나보다
아내 보기에 미안하게시리 양쪽에서 줄줄 흐를 때가 많다.
공기순환구도 양쪽 모두 꽉 막혀서 숨쉬기도 불편하고
서까래를 붙잡아 주는 대들보도 수리를 해야 한다나
일용할 양식을 잘게 부수는 기능도 점점 안 좋아지네.
주변에 친구들이 말하기를 자기들은 안 가면서
공동묘지에 가보던지 정비공장에 가보라 하네.

비염 때문에 수술도 받았지만 여전히 호흡하기 불편하고 고혈압약, 전립선약, 비염, 위염증세치료약을 먹고 있으며 허리가 협착증이라나. 양어깨 아픔은 가신 듯, 하지만 허리 아픈 것 때문에 글쓰기에 지장이 많다.

이정표 없는 길

세상에 올 때는 빈손 들고 왔으니
돌아갈 때도 빈 손 들고 가야 맘 편하다
모아 놓은 금은보화 돈과 재물이 아까워서
어떻게 갈 것인가, 물었더니 아무도 말이 없다.

어디로 가느냐고 물었더니 꿀 먹은 벙어리다.
아무 말도 없던 길손들이 이정표를 보았는지
어디론지 떠나가고 없다.
하나둘 보이던 나그네들이 갈 곳을 찾았을까

하룻밤 자고 나면 보이질 않는 사람들을
어디 갔느냐고 물어보면 하는 말이 갔다고 한다
떠났다고만 할 뿐 그들은 어디로 갔는지 모른다.
쌓아놓은 재물을 그대로 두고 바람처럼 사라졌다.

같이 먹고 마시며 놀았던 친구들이
나도 몰래 이정표 없는 길을 떠나가고 있으니
그들이 갔던 곳을 찾아갈 수 있을 것인지
길치인 내가 이정표 없는 길을 어찌 갈까나.

청춘을 돌려다오

이발을 하기 위해 이발소 의자에 앉았다
험상궂은 노인이 나를 쳐다보며
내 청춘을 돌려다오. 라면서 시위를 한다.
이발도 하기 전에 기가 팍 죽었다.
당장 거울을 깨고 나와 공격할 것 같아
눈을 감아버렸다.
한참 후에 면도가 끝나고 머리도 감고
다시 의자에 앉았다.
거울 속에 험상궂은 노인은 어디론가 가버리고
나이 지긋한 할아버지가 조금은 인자스런 모습으로
나를 쳐다보면서 빙긋이 웃는다.

어두침침한 현관 신발장 위에 거울로 얼굴을 보는 것보다 이발소 의자에 앉아 보는 내 얼굴 모습이 정확하다. 정말 못나고 험상궂다.

해는 서산 향해 가는데

해는 서산 향해 가는데
오늘 밤 너희 목숨을 하늘에서 걷는다면
너의 짓는 집이 뉘 것이 되겠냐는, 아랑곳없이
자꾸만 일만 만들고 짓고 있는 어리석은 인생
아직도 해야 할 일은 천 가지, 만 가지다
동산에 뜨던 해와 달은 서산으로 넘어가서
다시 동산으로 떠오르고 세상을 밝히지만
인생길 한번 떠나면 다시 또 올 수 없는
하루살이 같은 인생이라는걸
모르는 이가 없을 텐데 천년만년 영원히 살 것처럼
날마다 고대광실 집짓기에 바쁘다.
입고 벗을 여벌 옷 일용할 양식과
비바람 추위 더위 피할 집만 있으면 될 것을
하루 낮과 밤 묵고 나면 모두 다 버려야 하는 것을
서산에 해가 지고 다시 또 새벽이 오면
우리네 인생도 그만인 걸 깨달아야지

오늘 밤 너의 목숨을 거두어가면 창고에 쌓아놓은 재물이 뉘 것이 되겠느냐며 어느 부자를 책망한 예수님 말씀이다. 나이가 70이 넘은 사람도 평생 먹고 쓰고 남을 재물이 있지만 돈 버는 일에만 열중한다.

허무한 삶

임진년에 태어나서 육십갑자 한 바퀴 돌아왔으니
회갑이라는 세월 한 바퀴 돌았구나
이룬 것 별로 없이 허무하게 돌고 말았다
몸도 늙어 맘도 늙어 모두 다 늙었는데 나의 삶은
제련공장 굴뚝에 연기 같은 인생이었구나.

눈코 뜰 새 없이 바쁘기만 하지마는 갈무리 된 것 없고
날마다 저녁마다 천하를 호령하는 꿈만 꾸네
어느 날 돌아본 삶은 맑은 샘물 흐르는 언덕 위에
맘대로 짓지 못하는 금지구역에 궁전 같은 집만 짓다
아침이면 무너트리는 허무한 꿈만 꾸는 삶이었네.

이것도 해야 하고 저것도 해야 하고
할 일이 태산인데 밭을 갈아야 씨를 뿌리지 않겠는가
어영부영하다 돌아서면 해는 벌써 서산에 걸려있고
하루해가 너무 짧아 준비하기 전에 어두워지니
빠른 세월과 더불어 사는 세상은 허무하기만 하다.

허무한 인생

윤기가 흐르던 내 얼굴이
잔주름이 줄줄 제멋대로 그어지고
장성한 두 딸이 비행기를 태워주길
바라던 꿈이 자꾸만 멀어지네.

자식 복이 지지리도 없으면서
날마다 한 지붕 아래서
오늘은 혹시나 하는 맘에
애간장이 녹아 가고 있을 때

낮이 가고 나면 어느새 또
무심한 밤이 찾아오고
이렇게 날이 가고 달이 가고
허무하게 또 일 년이 지나가네.

지금까지 아등바등 살아왔던 목적이 무엇이냐고 나에게 묻는다면 할 말이 없다. 그냥 허무라고만 말해야겠다. 아들보다는 딸이 부모에게 효도한다는 말을 수없이 많이 들었다.

호칭

바보라도 모두 부르는 이름이 있네.
어렸을 땐 강아지 조금 크면 개똥이
아이큐 모자란 바보라 해도 *행기태갱이
누구든지 부르는 이름이 있다.
우리 집 예쁜 쌍둥이들에게 엄마가 아빠에게
부르는 호칭을 물었더니
여보, 당신이 아니고 오빠라고 부른다네.
수십 년 함께한 아내는 딸아이 이름자로
혜경이 아빠라고 부르다 어물어물
아이들 태어나기 전에 남편 부를 때
어떻게 했을까. 부르는 소리 못 들었네.
작은 목소리로 여보 당신 사랑해 말 한마디가
수십 년 사는 동안 삶보다 하기 어렵다네.
벌써 오래전에 술 한 잔 먹었을 때
벼르고 벼르다 여보 사랑해
한마디 했다가 시사니처럼 왜 그래
주책이란 말만 들었던 적이 있었다.

내가 어린 시절 초등학교 다닐 때 면소재지에 이름이 태갱이와 우리마을에 행기가 있었다. 그때는 바보라고 불렀지만 지금은 자폐증이란 장애를 가진 사람을 말한다. 시사니란 말은 주책바가지라는 이곳 진주지방 방언이다.

후회하며 사는 인생 1

전지전능하신 분께서 앞으로만 가야 한다고
정해주신 길이라서 뒤돌아 올 수 없는 길을
울면서 가고 있습니다.
앞만 보고 인생길 걸어온 사람들이
지나온 날들을 후회합니다.
잘 못 살아온 날들을 되돌리고 싶어 합니다.
어린 시절 학창 시절 젊었던 시절 그때 그 시절로
되돌아가고 싶어 합니다.
하루하루 나에게 주어진 날들을 바르게 살았었다면
지난날들을 후회하지 않았을 것입니다
부모님 살아 계셨을 때에 효도를 다하지 못한 것
세상 떠나간 형제들에게 있을 때 잘 해줄걸. 하고
예수님 말씀처럼 이웃을 내 몸처럼 사랑하지
못한 것도 후회됩니다
어차피 걸어온 길 뒤돌아본다고 소용이 없습니다.
얼마를 가야 하는지 알 수 없지만 남은 인생길
뚜벅뚜벅 걸으면 되는 것을 자기가 걸어온 길을
대부분의 사람들이 후회를 해보지 않은 사람은
없을 것입니다
그래서 우리 모두는 후회하는 인생입니다.

후회하며 사는 인생 2

퉁퉁 불은 보리밥 한 알
고놈 참 얄밉구나
낚싯바늘이 숨겨진 줄도 모르고
가느다란 낚싯줄에 칭칭 매이고 말았구나.

고놈의 보리밥 한 알 꼭 삼켜야 했나
그냥 못 본 체하면서 살 수는 없었을까
내 인생의 삶이 보리밥 한 알
따 먹기 위해서 살았던 삶이었네.

정말로 아등바등 살았던 삶
배도 부르지 않고 영양가도 없는
퉁퉁 불은 보리밥 한 알 속에는
꼼짝마라 낚싯바늘이 숨겨 있었다.

낚시꾼에게 붙들린 삶은
아직도 빠져나오지 못하고
바보처럼 살았다며 평생을 후회하는
배고픈 붕어 같은 인생살이였구나.

세상은 낚시꾼이고 나는 배고픈 붕어였다. 배도 부르질 않은 조그만 미끼를 따먹지 않아야 하는 것을 먹고 나서 후회를 하면 무슨 소용이 있을까.

후회하며 사는 인생 3

짧다면 짧고 길다면 긴 인생
살아왔던 인생길을 뒤돌아보고
가보고 해보고 먹어보고 잘 놀아보지도 못하고
바보처럼 살았군요. 후회하는 인생.

소풍 끝나고 집에 돌아가 나 즐거웠노라고
어느 시인이 인생의 삶을 말한 것처럼
초등학교 소풍처럼 즐겁게 살지 못한
한 많은 삶을 살았다고 후회하는 인생.

어린 시절은 기다리기 지루했던 세월
젊었을 때 어영부영 살아갈 때 아끼라는 세월
허투루 보내놓고 이제 서야 잡기 위해 애쓰는 세월
쏜 살과 같음을 알고 후회하는 인생.

낳으시고 길러 주신 부모님이 항상 같은 자리에서
나를 바라보고 계실 줄로 믿고 있다가 세상 떠난 후에
효도를 못 했다며 불효자는 웁니다. 라고 노래하며
이래저래 청개구리처럼 후회만 하는 인생.

가나다순으로 쓴 두서없는 것들을 읽기에 따분한 글도 아니고 시도 아닌
200여 수가 넘는 것을 인내하며 읽어주신 임께 엎드려 감사드립니다.

시평

폭풍의 글쓰기,
때 묻지 않은 진솔함

문학평론가
장병호

I

사람이 태어날 때 조물주로부터 한 가지씩 재능을 받고 세상에 나온다는 사실은 아무래도 부정하기 어려울 것 같다. 다들 세상을 살면서 자기 재능을 발휘하여 자기 모습을 드러내는 것을 보면 그렇다. 좋은 목소리를 타고난 사람은 노래를 불러 박수를 받고, 그림 솜씨를 타고난 사람은 화가로서 눈길을 끌고, 신체적 기능이 뛰어난 사람은 몸을 움직이는 일로 각광을 받는다. 그러한 재능은 억누른다고 해서 없어지는 것이 아니고 잠재되어 있다가 언제든 때가 되면 밖으로 얼굴을 내민다. 어쩌면 그것은 겨울이 지나면 새싹이 움트는 것과 같이, 뽕을 먹은 누에가 실을 뽑아내는 것과 같이 자연스러우면서도 필연적으로 이루어진다.

강병선 시인을 보며 이분이야말로 문학적 재능을 타고난 분이구나 생각을 해본다. 젊은 시절에는 생업에 여념이 없었지만 예순으로 접어들면서 비로소 숨 돌릴 시간을 갖고 자신을 돌아 볼 수 있게 되었다. 그로부터 비장의 무기를 꺼내 들고 대여섯 해 동안 펼친 창작활동은 그야말로 폭풍을 방불케 할 정도였다. 오랜 기간 억눌려 있던 문학적 욕구와 갈증이 봇물처럼 터져 나와 여느 작가들이 10년, 20년을 쏟아부어도 못 다할 성과를 단시일에 이룩해내고 만 것이다.

강병선 시인은 이미 수필집 『농부가 뿌린 씨앗』(2018)을 시작으로 시조집 『세월』(2019)과 장편소설 『마당쇠』(2019)를 잇따라 펴낸 바 있다. 이번에 시집 『세월아 친구하자』를 상재하였는데, 그의 첫 등단이 시 부문이었음을 생각하면 늦은 감이 없지 않으나 땀 흘린 작품들이 한데 묶여 독자들을 만날 수 있게 된 것은 무척이나 다행스러운 일이라 하겠다. 시집에 붙일 평문을 청하기에 순천 출신이라는 친근감과 우정으로 기꺼이 응하게 되었다.

II

강병선 시집에서 맨 처음 볼 수 있는 것은 사랑에 관한 내용이다.

사랑이라면 남녀 간 연인에 대한 사랑이나 부모 자식 간의 혈육에 대한 사랑이나 신앙인으로서 절대자에 대한 사랑 등 여러 종류가 있을 것이나 강 시인은 주로 부부간의 사랑에 대해서 이야기한다.

하늘이 날마다 맑지는 않습니다.
흐린 날 비 오는 날도 있고,
바람 부는 날도 있습니다.
인생길 가다 보면 때로는
오르막길 내리막길도 있습니다.

내 무거운 짐을 덜어주는 당신입니다.
인생길 걸어가다 보면 비 오는 날은
나에게 우산이 되어 주고
햇볕 뜨거운 날에는 시원한 사랑나무
그늘이 되어 주는 당신입니다.

기쁠 때도 슬플 때도 나에게
다가와 속삭여 주는 말 한마디가
큰 힘이 되어 주고 있습니다.
기나긴 여정 인생길 다 가고난 후 그래도
당신이 있어 행복하였노라고 말하렵니다.

– 〈당신이 있어〉 전문

오르막길과 내리막길이 있는 인생, 비 오는 날과 맑은 날이 되풀이되는 인생을 함께 살아가면서 항상 우산이 되어주고 그늘이 되어주는 '당신'이야말로 행복의 근원임을 말해준다. 황혼 이혼이 늘고 있는 오늘날 늘그막에 이르기까지 의지가 되어주는 사랑이 있다면 그 이상의 행복이 없지 않을까. 〈만남과 이별

〉, 〈약속한 길〉 등에서 시인은 지금까지 살아온 것과 같이 앞으로도 죽음에 이르기까지 '당신'과 함께 하고 싶은 소망을 피력하고 있다.

다음으로 강 시인의 시집에서 볼 수 있는 것은 세상살이에 대한 이야기이다.

인간 세상에 묻혀 살면서 세상 돌아가는 것을 보며 시인은 때로는 안타까움으로, 때로는 한탄으로, 때로는 분노로 그 감회를 드러낸다.

사람이 이 세상에 올 때는
빈 손 빈 몸으로 응애응애 울면서
오는 것이 모두 다 같았는데
젖 아니면 우유 먹고 잠자며
똥 싸는 것도 같았는데

어느새 부잣집 힘센 놈 힘 약한 놈 편이 갈렸다
힘 센 놈은 한층 두 층 한 계단 두 계단
위로만 올라가고 서열이 정해진다.
힘 약한 놈은 일찍 오르기를 포기하고
사는 것이 현명한 삶이렷다.

높이 오르는 놈 위세 등등 재미있어
하늘 높이 계속해서 올라가니 어느 날

너무 높이 올라온 걸 알고 떨어질까 두려워하다 죽는다.
세상에 올 때처럼 빈손으로 돌아가는 것이
힘 약한 자가 살았던 똑같은 모습으로 돌아간다.

– 〈사람이 세상에 올 때는〉 전문

똑같은 인간으로 태어났지만 강자와 약자로 나누어지고 높은 자와 낮은 자로 서열이 정해지는 세상을 꼬집고 있다. 그렇지만 아무리 높이 올라간 사람도 죽을 때는 빈손으로 돌아간다는 인생의 철리를 강조함으로써 높이 오르는 것이 결국 부질없는 일임을 밝히고 있다. 인생에 대한 통찰력이 예리하다. 이밖에도 통일을 소망하는 〈우리는 하나〉와 일본에 대한 증오심을 담은 〈위안부〉, 빈부격차를 비판한 〈천지개벽〉도 시인의 현실인식을 잘 드러내고 있다.

다음으로 강 시인은 세월의 흐름에 대한 회한을 노래한다.

시인 자신이 고희(古稀)를 향해 달려가고 있는 만큼 속절없는 세월의 흐름에 대한 느낌이 남다를 터이다.

이발소에서 이발을 하다말다
검은 머리는 누가 뽑아갔으며
얼굴에 주름살은 누가 그어놨느냐고
노(老)이발사에게 물었더니
세월이가 범인이라고 고자질을 한다.

세월이년이 소녀 적엔
수줍어하고 착하기만 하더니
나이를 먹으면서 악녀로 변했구나.
젊었을 때엔 어머니 품속처럼 따뜻했던
세월이년이 가면을 쓰고 변장을 했다가

나이들이고 늙어지니
이제야 본색을 드러내는구나.
비염 혈관질환 허리통증에 전립선질환
질병들을 거느리고 공격을 하는
세월이란 년은 마귀할멈이었다.

– 〈세월(1)〉 전문

세월은 항우장사도 못 막는다는 말이 있듯이 사람은 누구나 세월의 흐름을 거역하지 못하고 나이를 먹고 늙기 마련이다. 머리가 세고 주름살이 늘고 질병이 침노하는 것이 바로 늙음의 징조이다. 시인은 젊음을 앗아간 세월을 원망하되, 그것을 '세월이년'으로 의인화한 점이 재미있다.

그러나 세월을 원망하고 한탄한들 어찌할 것인가. 그런다고 달아나는 세월을 붙잡을 수도 없고 세월이 발걸음을 늦출 것이 아니기에 시인은 현실을 긍정하고자 한다.

초등학교 동문회가 있는 날이다.
볼일이 있어 밖에 나갈 때마다
거울을 봐야 하니 가는 길 내내
우울한 맘일 수밖에 없었다.
올해에도 용만이는 오지 않았다.
코흘리개 동무들이 아니고
광수 주훈이, 석주와 호준이가 다른 친구들도
늙은 할아버지로 변장을 하고 왔다.
무정한 세월과 친구가 되어야 한다는데
항우장사라도 어쩔 수 없는 것.
오는 세월 막을 수도 없고
간다는 세월을 어찌 잡을 수가 있을까.
체념할 수밖에 없었다.
가는 세월에게 뒤에서 욕을 하고
불평하고 나무라면 이놈의 세월은
더 빨리 달아나기만 한다.
좋은 말로 달래고 어우르자고
친구처럼 같이 지내고 즐기는 것이
세월이 더디 가게 붙잡는 방법이라고 뜻을 모았다.
세월아 나하고 친구하자고 합창으로 외쳐 댔었다.

– 〈세월아 친구하자〉 전문

동문회에 나가 고인이 되어 얼굴을 볼 수 없는 친구들, 그리고 노화로 얼굴이 변한 친구들을 보면서 세월의 흐름을 새삼 인식한다. 그러나 인력으로는 어쩔 수 없는 것이 시간의 흐름이기에 세월과 화해하고 친구처럼 친하게 지내고자 마음을 먹는다. 그것이 현재의 삶을 즐기는 최선의 방법임을 잘 알고 있는 것이다. 세월과 벗하고자 하는 제목에서 인생에 대한 긍정과 달관의 태도가 잘 드러나고 있다.

이와 함께 강 시인은 돌아가신 어머니에 대한 그리움과 간절함을 아직껏 간직하고 있음을 볼 수 있다.

이젠 그만 잊을 때도 되었지만
시도 때도 없이 생각나고 그리운 사람
보고 싶은 그 사람입니다.
쌍둥이 녀석들이 목을 감고 매달릴 때에
기쁠 때나 슬플 때도 문득문득
그 사람 얼굴을 보고 싶습니다.
홍시감 먹을 때나 인절미 먹을 때도
친구들과 한 잔 술에 취해 노래방에 갔을 때도
불효자는 웁니다 부르짖고 눈물 흐르며
보고픔에 그리움이 사무칩니다.
늙으면 아이 된다는 그 말
내 맘에 와 닿습니다.

세월 가고 나이를 먹을수록
그 사람이 더 보고 싶습니다.
따뜻한 당신 품속 깊이 파고들어서
엉엉 울어 보고 싶습니다.
너무 너무 보고 싶었노라고
말하고 싶습니다.

– 〈보고픈 사람〉 전문

여든 살 어머니가 환갑이 넘은 아들에게 몸조심을 당부하는 것처럼 어머니에게 자식은 아무리 나이를 먹어도 자식이고, 자식에게 어머니는 나이와 관계없이 여전히 매달리고 싶고 어리광을 부리고 싶은 존재인 것이다.

강 시인은 손자들과 지내거나 맛난 음식을 먹을 때나 노래방에 갔을 때는 모친이 떠오른다. 고인이 된 모친에 대한 그리움이 절절하기 때문일 것이다. 시인의 각별한 모정을 엿볼 수 있는 대목이다. 이 같은 어머니에 대한 그리움은 〈당신 모습〉과 〈사모곡〉, 〈할미꽃 당신〉 등에서도 읽을 수 있다.

강 시인의 시에는 인생에 대한 통찰을 다룬 작품이 유독 많다.

인간 한평생에 어찌 하고많은 사연이 없을까만 누구보다도 강 시인은 여러 직종을 전전하며 풍부한 사회 경험을 하였기에 인생사에 대한 이야깃거리가 누구보다도 많지 않을까 싶다. 다음 시는 힘든 세상살이에도 좌절하지 않고 살아가려는 삶의 의지를 잘 보여준다.

비탈진 오르막 오르기가 숨이 차다고
내리쬐는 태양열에 목마르다고
세상살이 힘들다고 비관하다가
한 줌의 흙도 없는 바위틈새를 뚫고
살아가는 돌나물을 봅니다.
수많은 사람들에게 밟히고 차이면서도
이른 봄에 제일 먼저 노란 꽃을 피우고
봄의 전령사가 되는 민들레를 봅니다.
내 삶이 힘들어도
바위틈에서 자라난 돌나물이 밥상 위에 오르고
보도블록 틈새에서 제일 먼저 꽃을 피우는
세상에 봄소식을 전하는 노란 민들레를 보며
내 삶이 힘들어도 살아갑니다.

– 〈삶이 힘들어도〉 전문

시인은 바위틈새를 뚫고 살아가는 돌나물과 민들레를 통해 힘든 삶을 견디는 자세를 배우고 그렇게 살고자 한다. 고난에도 굴하지 않는 꿋꿋한 인생관과 삶의 자세가 나타나 있다. 다음 작품에서는 시인의 인생관을 더욱 분명히 읽을 수 있다.

온갖 풍상 다 겪은
큰 바위 위에 우뚝 선 늙은 소나무는
강철 같은 바위 맨바닥 위에서
물 한 방울 없는 목마름도 견디었다.

수십 수백 년을 양토 한 줌 없어도
비바람 큰 태풍 올 때마다
애지중지 길렀던 아들 손자 같은
큰 가지가 잘려나간 아픔도 겪으면서

해마다 엄동설한 모진 바람 고초와
수많은 인고의 세월 보낸 석송(石松)이기에
세상 사람들은 우러러보는 눈길이 예사롭지 않고
감동과 찬사가 멈출 줄을 모르리.

– 〈석송과 나의 인생(1)〉 전문

시인은 '큰 바위 위에 우뚝 선 늙은 소나무'를 예찬하고 있다. 모진 바람을 이기며 고통의 세월을 버텨냈기에 소나무는 세상 사람들의 찬사를 받는다. 여기서 소나무는 곧 시인 자신의 표상이라 할 것이다. 소나무의 삶에 자신을 투사하여 자신의 삶에 대한 자긍심을 드러내고 있는 것이다.

끝으로 강 시인은 황혼녘에 선 자신의 감회와 상념을 자주 털어놓고 있다. 〈거울〉과 〈나의 하루〉, 〈청춘을 돌려다오〉에서는 세월과 늙음을 한탄하고, 〈후회하며 사는 인생〉에서는 지나온 삶에 대한 후회를 곱씹으며, 〈바보처럼 살았으면〉에서는 자조적인 모습도 보인다. 그런 가운데서도 자신의 삶에 한 가닥 희망을 놓지 않고 있는 모습은 다행스러운 일이 아닐 수 없다.

내가 젊었을 때 흘러버린 세월 동안 벌써 강산이
몇 번씩이나 변해버리고 머리에 울창하던
꿈나무 숲들은 어디로 가버리고 민둥산이 되었네.
매정하게 몰아치는 칼바람에 민둥산에 내리던 잔설(殘雪)들이
미끄러져 내려와 귀 섶 위로 하얗게 쌓이는구나.
인생은 60부터라네, 이런 말들 그냥 흘러들었었다.
어느덧 세월 흘러 환갑고개 넘고 보니
칠순이란 산이 높이 가로막고 있구나.
몸과 맘이 약해짐을 슬퍼함을 몇 번인고
요즘 세상 호의호식하며 삶의 질이 좋아지니
여기저기서 외친다. 구구팔팔이삼사라고
지금은 백수(白叟) 세상 되었다고 한다.
아직도 해는 중천에 떠 있으니
못 다한 일 못 이룬 꿈 다시 시작하리라.
오르고 또 오르면 태산이 높지 않네.
천리 길도 멀지 않네 첫걸음이 반이란다.
내 나이가 어때서, 유행가 소리 크게 들려오네.

– 〈내 나이가 어때서〉 전문

비록 칠순을 앞둔 나이지만 백세시대를 생각하면 아직도 해가 중천에 있는 셈이다. 시인은 유행가 제목에 빗대어 약해지는 마음을 다잡으며 삶에 대한 결의를 다진다. 이러한 현실긍정의 내용은 〈오뚝이 인생〉과 〈오늘이 내 인생의 황금기이다〉에서도 찾아볼 수 있으며, 이는 곧 시인 자신의 인생관의 표출로 읽을 수 있겠다.

III

강병선 시인의 시집 〈세월아 친구하자〉에는 시인이 살아온 과거의 삶과 현재의 삶이 오롯이 담겨 있다. 시인은 세상살이를 하면서 느낀 바를 진솔하게 털어놓는다. 어린 시절 고향의 추억과 가족에 대한 이야기를 비롯하여 세상사에 대한 견해, 세월의 흐름과 저무는 인생에 대한 회한과 각오 따위가 다채롭게 펼쳐진다.

강병선 시의 특징은 자신의 생각이나 느낌을 가공하지 않고 날것 그대로 투박하게 뿜어놓은 데 있다. 시적 기교나 수사에 기대지 않은 투박함과 진솔함이야말로 시인의 꾸밈없는 얼굴을 볼 수 있는 점에서 오히려 미덕으로 작용한다. 때늦은 배움으로 갓 글을 깨친 노인이 쓴 어눌한 글이 그 어떤 이름 높은 작가의 글보다 심금을 울리는 까닭이 무엇인가. 그것은 바로 때 묻지 않은 순수함이 아닐까.

문학은 삶의 기록이요 체험의 산물이다. 앞서 말했듯이 강병선 시인은 칠순 가까운 세월 동안 여러 직종을 옮겨 다니며 다채로운 삶을 살았는데, 그 과정에서 숱한 어려움을 감내해야 했을 것이다. 그러나 작가에게 고난과 불행은 결코 비극이나 재앙이 아니다. 오히려 문학적 자양분으로 활용될 수 있기 때문에 그것은 하늘이 내린 축복으로 볼 수도 있다. 그런 점에서 강병선 시인은 문학인으로서 행운아라고 할 수 있지 않을까. 앞으로 강 시인이 다채로운 세상경험들을 밑천으로 더욱 훌륭한 문학의 꽃을 피워낼 수 있으리라 믿고 기대한다.